ВЛАДИМИР УГРЮМОВ

ШПИОН ПРЕЗИДЕНТА

Книга десятая

ТОТ, КТО ЛЕЖИТ В ГРОБУ

ЖЕСТКИЙ РОМАН

аст
ИЗДАТЕЛЬСТВО
МОСКВА
«Астрель-СПб»
Санкт-Петербург
2006

УДК 821.161.1
ББК 84 (2Рос=Рус)6
У27

Серийное оформление: *А. В. Сергеев*

Угрюмов, В.

У27 Шпион Президента. Кн. 10: Тот, кто лежит в гробу / В. Угрюмов.– М.: АСТ; СПб.: Астрель-СПб, 2006.– 245, [1] с.– (Жёсткий роман).

ISBN 5-17-034389-2 (ООО «Издательство АСТ»)
ISBN 5-9725-0209-7 (ООО «Астрель-СПб»)

Морские ворота Северной столицы распахнуты для встречи КОЛОССАЛЬНОЙ ПАРТИИ наркотиков и ОРУЖИЯ. Организовать достойный прием контрабанде – задача профессионалов высочайшего класса.

СПЕЦИАЛЬНЫЙ АГЕНТ Майк приезжает в город на Неве и начинает работу под прикрытием, организованным его могущественной конторой. Человек, с которым агенту необходимо связаться, сам найдет его. Для этого Майк без особых сантиментов крушит в городе членов команды этого человека. Озабоченный повышением смертности среди своих бойцов наркобосс делает Майку ИНТЕРЕСНОЕ ПРЕДЛОЖЕНИЕ...

УДК 821.161.1
ББК 84 (2Рос=Рус)6

Подписано в печать с готовых диапозитивов заказчика 13.10.05.
Формат 84×108$^1/_{32}$. Бумага газетная. Печать высокая с ФПФ.
Усл. печ. л. 13,44. Тираж 5000 экз. Заказ 2882.

Общероссийский классификатор продукции
ОК-005-93, том 2; 953000 — книги, брошюры

Санитарно-эпидемиологическое заключение
№ 77.99.02.953.Д.001056.03.05 от 10.03.2005 г.

ISBN 985-13-5917-3 («Харвест»)

ЧАСТЬ ПЕРВАЯ

1

Майк собирался закурить, когда подвалил этот подонок. Агент, видите ли, не так посмотрел на его даму... Охренеть просто было можно от базара этого мальчика. Надо же — не так посмотрел! Да Майк смотрел не более чем ласково, хотя эта сучка и того не стоила. У девки на физиономии было написано, что сняли ее с ближайшего угла. Но, признаться, фигурка у нее, у той, что за соседним столиком,— очень даже ничего. Что есть — то есть. У Майка вроде даже в паху потеплело. И вдруг этот бычок недоношенный, которому лет-то под двадцать пять, с гребаными своими претензиями. Что ни говори, а разозлил тварь все-таки...

— Слушай, чудик,— Майк прикурил сигарету.— Я против твоей телки ничего не имею. Посему рули обратно и не серди дядю,— сказал агент так ласково, что даже сам удивился.

— Это кого, бля, сердить! Тебя что ли, козел?! — ощерился бычара, наклонившись над столиком Майка.

Мощные бицепсы просто распирали рукава его ублюдочного цветастого пиджака.

— Так... А вот насчет козла — это парнишка, не подумав, сказал, неверно, сгоряча... Но тем не менее все-таки сказал, сучонок... — рассуждал Майк вслух.

Бычок все слышал и внимал. Он насторожился и внимательно пас за движениями агента. Удивительно! Завсегдатаи этого заведения, этого чертового гадюшника, полагали, что можно вот так вот запросто обозвать человека козлом и в живых при этом остаться. Это даже смешно... Парень, по-детски всхлипнув, повалился на пол, задел столик Майка и смахнул с него сметанницу. Веснушчатой мордой при этом бычара нахально уткнулся в носок ботинка агента. Впрочем, на этот счет парня можно было извинить, ибо был он уже в состоянии бессознательном, посему глазки свои свинячьи прикрыл вряд ли от удовольствия. Майк же как сидел, так и сидел, лишь отодвинул ногу в сторону. Незачем придурку вытирать сопли о его модельную обувь. Телке же с лошадиной мордой и великолепной фигурой было безразлично, что с ее дружком случилось, она не выказывала никаких эмоций, ни положительных, ни отрицательных. Стерва — о чем базар!

Майк обозрел горизонт. А на этом, мать его, горизонте оказалось полно вражеских крейсеров. К Майку на всех парах шуровала целая эскадра — четыре типчика, такие же выпуклые, как и тот бычара, что уже отдыхал под его столиком. И все-таки скучно, господа. Агент усмехнулся. Все равно что детей в детском саду избивать. Дымя сигаретой, Майк лениво наблюдал, как к нему приближались желающие получить пособие по инвалидности до конца своих дней.

— Ты чё, падла, приборзел? — зарычал самый здоровый из них.

Майк невозмутимо курил и ждал, какая же форма общения будет ему предложена. Может, чтобы зря придурки не трепались, взять этому здоровяку и сразу пасть порвать? Неплохая мысль. Но Майк подумал, что пока не стоит. С утра, как только прикатил в Питер, он дал себе слово, что сегодня никого убивать не будет. Завтра — Майк не знает, а вот сегодня точно... Черт! Сколько раз говорил себе: не спеши с обещаниями, агент, ан нет — опять напортачил... Бычки окружили агента. Ну-ну, пусть потешатся. А ведь правда хреново, что дал себе зарок. Майк посмотрел на часы. День еще не закончился. О'кей! Значит, парнишкам повезло.

Немногочисленная публика заведения формировалась в основном из таких же выпуклых. Майк видел любопытные взгляды парней за другими столиками.

— У тебя, дурачок, еще есть время передумать и остаться вполне здоровым и счастливым,— увещевал Майк крепыша, выпуская дым от затяжки ему в морду.

Агент почувствовал движение за спиной. Научили его ощущать спиной опасность, а также боковым зрением улавливать малейшие движение возможного противника и во сне слышать все, что происходит наяву,— в общем, опережать наступление неприятных событий... Подавшись чуть вперед, агент легко ушел от удара. Храбрец, атаковавший Майка сзади, нарвался на удар локтя агента. Чмяк – переносица парня расплющилась. Очень неприятное ощущение, но сам того, чудик, хотел.

Чиркнув обратившегося к Майку быка напряженными пальцами по сонной артерии, агент винтом внедрился в пространство между двух бычков, опешивших от быстроты разворачивающихся событий. Одному из них Майк попал пальцем в глаз, конечно, не случайно, второму наполовину вбил в горло его же кадык.

Все-таки наглецы заставили Майка подняться со своего места. А ведь так хотелось спокойно посидеть после сытного обеда, послушать музыку, побыть наедине со своими мыслями. Не дали, сволочи. Теперь уже садиться обратно за столик не хотелось, и настроение было испорчено. К тому же распластанные вокруг тела вызывали ассоциации с приемным покоем травматологического отделения.

Майк оглядел зал. Вроде бы никто больше силенками меряться с ним не собирался. Майк хмыкнул и подошел к стойке бара. Бармен хмуро посмотрел на него, но промолчал.

– Что я должен за тот столик? – спросил Майк.

Бармен повернулся к замершей у стойки официантке. Та подала счет. Пальцы у нее дрожали.

Разбитая посуда в счет не вошла. Не успели, наверное. Майк достал деньги, выложил их на стойку, покосился на бармена. Тот замер, как мраморное изваяние, и смотрел как бы сквозь Майка. Неужели агент такой прозрачный?

— А ну-ка лапки в гору! — послышался позади Майка голос.

Агент уже заметил, как этот тип подкрадывался, но делал вид, что поглощен отсчитыванием денег. Глупо со стороны парня подкрадываться, когда перед Майком — зеркалá за стойкой бара... Агент медленно приподнял руки, но сделал при этом еще несколько незначительных на первый взгляд движений: правая нога сместилась чуть в сторону, прогнулась в колене, корпус ушел вправо на треть оборота. Быстрый взгляд через плечо — и тяжелый длинный стакан, взлетев со стойки, ринулся прямо в голову любителю подкрадываться.

Майк отметил: расчет оказался верен. Почти как при занятиях по стрельбе в темноте на звук. При соприкосновении с каменным лбом самоуверенного пацана стакан разлетелся в мелкие брызги, а зажатая в правой руке бычка «тэтэха», дернувшись, громко отхаркнулась свинцом. Раскололось зеркало стенда, и разлетелись какие-то бутылки. Пуля срикошетила, ударила по светильнику на дальней стене справа и с дребезжащим визгом разнесла прозрачную стену двухсотлитрового аквариума, стоявшего перед входом в зал. Рыбкам нынче не повезло — началась засуха...

Часть клиентов начала спешно покидать «веселый кабачок». Парень, что уронил пистолет, уложился спать рядом со своей пушкой. Майк удивился, как это «тэтэшка» не шмальнула снова, ударившись о цементный пол.

— Сдачи не надо,— сказал Майк бармену, выглядывавшему из-за стойки, куда он присел от страха за свою шкуру.

Странно, что женского визга в баре не было слышно, хотя дам — предостаточно. Блондинистая коза вальяжно подошла к Майку, виляя при ходьбе бедрами, как профессиональная манекенщица. На полу вокруг столика агента начал копошиться и приходить в себя народ. Стонов и проклятий по-мужски слышно не было, лишь легкий русский мат...

— А ты интересно тут все устроил, парень,— улыбнулась блондинка и подала Майку руку.— Алла... — представилась она.

Тот слегка пожал ее пальцы.

— Майк,— сообщил он.

Блондинка рассмеялась. Смех у нее приятный, зубы — ровные и белые. Сначала эта девчонка Майку активно не понравилась, но теперь он даже как-то привык к ее неординарной, что ли, внешности. Кого-то она Майку напоминала — то ли из певичек эстрадных, то ли из киноактрис. Неважно.

— Тебе, парень, надо уходить отсюда,— кивнула Алла на выход.— Хотелось бы с тобой снова встретиться...

Майк пожал плечами:

— Как повезет.

Блондинка резко подняла голову, и ее аккуратная туфелька небольшого размера припечатала острым концом физиономию попытавшегося приподняться парня. Тот хрюкнул и снова вырубился. Блондинка с невозмутимой улыбкой посмотрела на Майка.

— Неплохо,— искренне похвалил ее агент и, кивнув ошарашенному бармену, пошел на выход.

Проходя мимо аквариума, Майк отметил, что у рыбок еще осталось немного воды. Выйти, однако, он не успел. В зал влетели менты, то есть пэпээсники с короткоствольными автоматами Калашникова и в бронежилетах. Первый из ворвавшихся чуть не сбил агента с ног. Парни, судя по тому, как они лезли на рожон, не оценили ситуации либо не изжили в себе комплекс вседозволенности вооруженной власти, либо просто были безнадежные кретины. Одним ударом Майк перебил первому менту кисть правой руки и мышцу левой, забирая у него автомат. Мент еще и не понял, что случилось, а агент уже послал его, как крученый шар в пинг-понге, навстречу остальным. Пока неудачник перекрывал зону обстрела для «калаша» справа, ударом ствола автомата в лоб, Майк уложил второго. Прыжок в сторону, удар в висок костяшками пальцев — и мент справа тоже вышел из игры. Легкий мазок по горлу первого, уже обезоруженного, завершил возню у выхода из зала. Менты даже не успели снять «акаэмы» с предохранителей. Майк вытер полой куртки автомат и бросил его на пол, в общую кучу железа, кевлара и тупых мозгов. В зале послышались одинокие аплодисменты. Это хлопала в ладоши блондинка Алла. Она просто заливалась смехом, сгибаясь чуть ли не пополам.

— Браво,— стонала она.— Я тебя люблю!

Улыбнувшись и сделав тете ручкой, Майк вышел из уже осточертевшего кабака. У входа стоял грозно разрисованный эмблемами ментовки крутейший российский джип из Ульяновска. В уазике — только водитель.

— Найдется огонек, приятель? — спросил Майк водилу в форме и достал сигареты.

Тот кивнул и подал одноразовую зажигалку.

— Что там? — мотнул он головой в сторону выхода.

Майк пренебрежительно махнул рукой:

— Разбираются там ваши с пьяным придурком. Сейчас накостыляют и придут.

Водила хмыкнул. Он не сомневался, что его орлы способны были кому угодно навешать по голове. Майк вернул ему зажигалку.

— Спасибо. Ну, бывай, служивый, удачного тебе дежурства.— И Майк перешел на другую сторону улицы.

2

Время было уже позднее. Вечер, но солнце еще светило вовсю. Белые ночи. Давненько Майк не был в этом городе, и первый день пребывания проходил весьма интересно. Агент ушел дворами и в квартале от места побоища взял такси. Была просто масса свободного времени, и, куда его девать, Майк сильно не задумывался. С деньгами вроде порядок — на первые дни хватит. Но сейчас, в принципе, можно было спать прямо на улице. Ну, где-нибудь за городом, у озера, например.

Эх! Неплохо бы. Давно агент мечтал отдохнуть, но... нужно делать дело, ради которого он и прикатил в град на Неве.

Майк доехал до Петроградской стороны и, пошатавшись по улицам, снова зарулил в бар. Умный человек на его месте после недавних событий постарался бы на время затаиться. Агенту даже не во что было переодеться, а по милицейским машинам скоро пройдет ориентировочка на некоего парня с наружностью Майка и таким же именем, потому что агент назвал себя на месте учиненного погрома. Да, умный свалил бы от греха подальше, но Майк в силу обстоятельств должен положить на логику и безопасность с прибором. Вот он и положил... И вот еще: был бы он каким-нибудь невзрачным и щупленьким типчиком, может, и не светился бы так, но его гвардейский рост вкупе с отлично отлаженной мускулатурой выдрессированного бойца делали Майка в любом месте более чем заметным. На агенте была легкая японская куртка, модная рубашка со стоячим воротничком, темные летние брюки и модельные туфли. Сумку Майк оставил в камере хранения, но в ней — только нижнее белье, туалетные принадлежности и третий том собраний сочинений Александра Ивановича Куприна, который Майк купил по дешевке у замызганного бича в Бологом.

На Петроградской бар был получше того, из которого Майк недавно ушел. Интерьерчик — с потугами на западный стиль. Майк устроился за столиком в углу, чтобы видеть все помещение, и окинул взглядом публику. Народа в кабаке немного. Сейчас почти везде так, ибо если в таких местах оттягиваться — нужно все-таки иметь при себе деньги, а не зарплату.

Подошла официантка. Девочки из обслуживающего персонала здесь были просто обалденные. И где только таких набирали?

Майку предложили богатый выбор жратвы и напитков. Но Майк был уже сыт. Хотя... Взглянув на стройные ножки девушки, он как-то вновь почувствовал голод... Майк улыбнулся ей, и девушка ответила тем же, только у нее, к сожалению, улыбка входила в служебные обязанности.

— Принесите мне, пожалуйста, то, что вы сами решили бы заказать для себя... — попросил ее Майк ну очень любезно.

Ему и на самом деле было лень выбирать самому и очень хотелось сделать девушке приятное, разрешить ей выбор на свой вкус. Девушка, кивнув, удалилась. Майк проводил ее взглядом. Вот черт! Хоть бы сказала что-нибудь, а кроме «здрасьте» и «приятно вас видеть в нашем ресторане» ни хрена не услышишь. Майку, конечно, хотелось, чтобы эта девушка отнеслась к нему как-нибудь по-особенному...

В ресторан ввалилась шумная компания: двое крепких парней стандартного бандитского вида и с ними парочка девчонок, словно сошедших со страниц «Плейбоя». Компания с грохотом устроилась через столик от Майка. Парни по-хозяйски оглядели зал и, мазнув по агенту хмурыми взглядами, повернулись к своим дамам.

Майк лениво наблюдал за отдыхавшим в зале народом. Подошла официантка и с улыбкой стала расставлять на столе то, что предшествует обильной еде.

— Эй! — крикнул ей один из только что ввалившихся парней.— Иди сюда! Долго тебя ждать?

Ребятки, видимо, нетерпеливы в своих желаниях. Их поддатые спутницы веселились, гордые крутостью своих мальчиков.

— Подождите минутку. Я принимаю заказ,— обернулась к ним девушка с извиняющейся улыбкой.

— Чё «подожди»! Ты сюда иди! — зарычал на официантку второй браток, увешанный внушительными цепями и прочей бандитской шелухой из «желтого металла», как пишут менты.

С лица официантки сползла улыбка, и оно приняло совершенно безразличный вид.

— Занимайтесь своим делом,— тихо проговорил Майк девушке, прикоснувшись к ее руке.

Та растерянно повернулась в сторону агента. Он же встал из-за столика и пошел к парням. Они настороженно ждали, что будет дальше, но со своих мест не вставали и держали понт до конца. Майку же их понты были по барабану. Он таких типов мог жрать в любом виде.

— Слушайте сюда, орлы,— оскалился он хищно, имитируя улыбку.— Метлы свои привязали, блядь, и сели на жопу ровно, пока вам это позволяется!..

Майк сказал, что хотел, и собрался было отчалить к своему столику.

— А ну-ка подожди... — послышался голос за спиной агента.

Не оборачиваясь, он остановился и замер в ожидании. Второй тип, Майк это слышал, приготавливался у агента за спиной. Майк мог не глядя определить расстояние до него.

— Ты откуда такой деловой? — спросил крепыш, наморщив лоб и нос — таким образом он выражал презрение.

Майк не мигая смотрел ему в глаза, выдерживал паузу. Он думал о том, нужно ли сплющить этому типу все, что только имелось на его роже? Если Майк его обработает, тот реально будет готов сниматься в фильмах а-ля Хичкок, даже не прибегая к мимическим упражнениям.

— Кто много знает — долго не дышит,— напомнил Майк качку известную истину нашего времени.

— Да, бля, ты чё такой, в натуре! — бесился крепыш, но к решительным действиям не переходил.— Ты с кем работаешь?

Парня интересовало, к какой преступной группировке мог принадлежать Майк.

— Я — Майк. Запомни,— сказал агент тихо и внятно.— А теперь сдерни отсюда и засохни на месте!

Майк оставил парня в растерянности между столиков и устроился за своим. Официантка так и стояла все это время, ожидая, чем закончится разговор бандита и ее защитника.

— Не обращайте на них внимания,— сказал Майк.— Так что бы вы могли мне предложить? — вернулся он к теме жратвы.

Девушка кисло улыбнулась, потом взяла себя в руки и уже более уверенно ответила:

— Спасибо. Сейчас я все вам подам...

Она убежала из зала. Парни же плюхнулись за свой столик и что-то обсуждали, искоса поглядывая в сторону агента. Тот закурил и, откинувшись на мягком стуле, лениво смотрел в зал. Был тут у Майка один, теперь уже известный в городе, мэн. Но искать его Майк не хотел, нужно было сделать так, чтобы тот сам его нашел. Все места, где сегодня бывал Майк, тем или иным образом принадлежали тому типу и его братве. Тот человек также знал, что Майк раньше служил вроде бы в Воздушно-десантных войсках и командовал там спецназом. Это была официальная версия. Затем случилась у агента неприятность, и его, как последнего уголовника, кинули на четыре года в зону. Три из них он якобы честно оттянул и освободился по амнистии.

Сейчас на руках агента были не документы, а портянка «волчьего билета» из мест лишения свободы и очень скромный багаж с небольшим количеством денег в кармане, которые довольно скоро закончатся. Но все это ерунда. Важно то, чтобы тот приятель Майка сам вышел на него — в этом-то пока и заключался весь смысл на первый взгляд бессмысленных сегодня приключений.

Один из братков, которого Майк только что обломил, дозвонился куда-то по своей «трубе» и теперь бдительно посматривал на агента. Наверняка парни хотели затеять разборку, и сейчас их волновало, как бы Майк не свалил отсюда до приезда их корешков. На этот счет агент мог бы парней успокоить — он с удовольствием поговорит с кем угодно и когда угодно... Оружия у него с собой не было, но пока оно и ни к чему. При известных обстоятельствах все, что попадало под руку, могло служить отличным и грозным средством как защиты, так и нападения, надо было только уметь этим пользоваться. Майк умел. Иногда могло быть достаточно и двух листков записной книжки, чтобы перерезать противнику глотку, пока тот спит, невзирая на толщину его шкуры.

Официантку звали Ольгой — Майк с ней уже познакомился. Оля устроила ему на столе целый праздник. Правда, перед этим она тактично поинтересовалась, не сильно ли это ударит по карману Майка, и, дескать, она бы хотела сделать ему приятное, но опасается, что высокие цены могут испортить общее впечатление. Майк заверил девушку, что все о'кей! Оля же действительно старалась, и жаль, что она не имела возможности посидеть с агентом. Работа есть работа. Можно, конечно, попытаться пригласить девушку куда-нибудь после ее смены, но Майк почему-то не мог на это решиться. Зато теперь Ольга улыбалась ему совсем не так, как раньше. Все-таки агент выбрал момент, когда та мимо него проходила, и тихо подозвал ее.

— Скажите, Оля,— сказал смущенно Майк,— что бы вы ответили, если бы я вас пригласил провести со мной где-нибудь вечер?

Оля улыбнулась. Черт! Она, конечно, видела замешательство Майка.

— У меня смена заканчивается в одиннадцать... — внезапно сказала она.

Майк чуть не подпрыгнул на стуле. Согласна!

— Тогда давайте так: что бы ни случилось вон с теми быками,— агент кивнул в сторону парней,— мы можем в половине двенадцатого встретиться в центре. Назовите любой клуб. Я не очень в них ориентируюсь, если честно.

Оля стала серьезнее.

— Вы думаете, Майк, у вас могут быть из-за меня неприятности?

— Глупости! — возмутился тот.— Неприятности могут быть только у них. Такие бычки не любят, когда их приземляют. Но не волнуйтесь, все будет в порядке. И пусть хоть ядерная война разразится — ровно в половине двенадцатого вечера я буду там, где вы скажете...

Оля улыбнулась:

— Я почему-то уверена, что вам действительно ничто не сможет помешать.

Майку было чертовски приятно слышать от девушки эти слова.

— Тогда давайте так... — продолжила Ольга и назвала место, куда подъедет после работы.

Майк кивнул, и тоже улыбнулся. И улыбка у него, наверное, была дурацкая и счастливая.

— Я побегу, хорошо? А то мне влетит от начальства.

— Да, конечно же,— тут же согласился Майк.— Я буду в назначенное время там, где вы указали.

Оля кивнула и убежала в зал. После этого разговора настроение Майка стало просто великолепным. Сейчас он был способен и сам взорваться как ядерная бомба. Между тем в зал вошли семеро. Цепкие взгляды нахмуренных лиц, вкрадчивые, но наглые движения говорили о том, что парни приехали сюда не по делу. Скорее всего, по душу Майка пожаловали, тут и к гадалке ходить не надо. Компания прошла к столику, где сидели двое с подругами. Последние сомнения агента развеялись. Он заметил испуганный взгляд Ольги, улыбнулся, подмигнул ей и прикурил сигарету. Уф! Вкусная сигарета! Ольга неуверенно покачала головой. Но, видя почти блаженную улыбку Майка, сама вдруг улыбнулась и подмигнула ему в ответ. Майк чуть не рассмеялся. Какой же все-таки у него чудесный союзник в этом зале! Теперь против агента можно было выставлять хоть бригаду «зеленых беретов» — без разницы!

Вновь прибывшие окружили столик своих приятелей и быстро посовещались. Затем один из них, именно тот, которого Майк вежливо попросил заткнуться, подошел к агенту. Надо же, какое у него серьезное выражение лица!

— Тебе придется поехать с нами,— сказал парень.

Держался он необычно спокойно.

— Почему придется? — спросил Майк.— Я лично знаю, что мне точно придется заплатить за столик по счету, а вот перед тобой, говнюк, и твоими засранцами у меня никаких обязательств нет и не было.

У крепыша начали ходить желваки на скулах, но он все-таки сдержался.

— Тебе все равно придется с нами ехать,— процедил он опять.

Заявление парня Майка рассмешило. Но затем он тут же оборвал смех.

— Продерни, гоблин! Ты здесь уже успел настоебенеть всем... — хмыкнул Майк.

Парень, обернувшись, многозначительно посмотрел на своих кентов. Те не спеша стали подтягиваться к столику Майка. «Ну, вот и чудненько,— подумал агент.— Приступим, что ли, помолясь...» Майк мягко поднялся на ноги. Хоп! Бычок с перебитой переносицей завалился меж столиков под ноги своим кентам. В рядах противника наступило секундное замешательство, и еще двое за это время с грохотом опрокидываемых стульев отправились на пол. Пошла потеха! Для развлечений у Майка сегодня предоставилась масса возможностей. Если в Питере везде было так, то с помощью агента здешние хирурги без работы не останутся.

Вперед вырвались двое, самые, наверное, тренированные в этой команде. Скорее всего, их хобби — кикбоксинг. Майк блокировал удар ноги, направленный ему в голову, и тут же погасил пацана кулаком в лоб. Мальчик отлетел и сел на задницу метрах в полутора от агента. Майк резко закрутил себя наподобие юлы и, используя вращательное движение, корпусом откинул удары противников. Еще одного развернуло к Майку лицом, и он тут же получил свою порцию в горло.

Братки слегка ошалели от предложенного Майком темпа — шутка ли, с быстротой молнии вся братковская капелла за секунды развалилась на куски. В баре — полнейший хаос и переполох.

Завизжали женщины, загремели опрокидываемые стулья, народ спешно отвалил на улицу. А вот в другом баре, где Майк провел подобного рода мероприятие, было на удивление тихо и спокойно.

В руке одного из нападавших блеснуло короткое лезвие китайской «бабочки». Агент пропустил мимо провалившегося в ударе бычка и резко притормозил его движение предплечьем своей руки в горло. У парня, грохнувшегося на спину, только ноги вверх взметнулись. К утру он, может, и придет в себя...

Тройка оставшихся пока еще целыми и невредимыми парней предпочитала держать дистанцию. Девчонки же братков давно унесли свои длинные ноги подальше от места избиения своих дружков и поближе к дальнему, то есть безопасному, концу зала. Парнишка в цветастой рубашке пытался обойти Майка с тыла, поигрывая ножичком. Еще один поднял стул за пластиковую спинку. Майк перепрыгнул через бездыханное тело одного из команды и небрежно увернулся от брошенного в него стула. Кто ж так бросает? Агент решил им показать, как нужно делать это по-настоящему. Подхватив с одного из столиков стальную фигурную вилку с длинными зубцами, ушел слегка вправо, выбирая момент. Парень с ножом наконец бросился в атаку. Дистанция — два метра. Резкий поворот кисти — и «цветастый» крепыш изумленно смотрит на свой бицепс, в котором, как в шницеле, торчит вилка. Вошла она глубоко. Парень выронил нож и схватился за раненую руку. Улыбаясь, Майк пошел на оставшихся двоих.

Парни в панике попятились. В их глазах — животный страх и изумление. Они не понимали, что происходит. Майк мог бы им даже посочувствовать, ибо знал, как нелегко понять обычному человеку, как это так можно за тридцать секунд уработать в общем-то неслабых городских бойцов. И все-таки мальчикам не повезло...

В ресторан с улицы влетели камуфлированные почему-то под скальную породу бойцы ОМОНа.

3

Омоновцы — пятеро вооруженных до зубов парней, каждый выше Майка на голову. Вот это уже для агента было интересней, такие бойцы Майку по душе. Будто проходишь многоуровневый тренировочный рейд, максимально приближенный к боевой обстановке с постоянно возрастающими элементами сложности выживания. Уровень подготовки бойцов ОМОНа Майк оценил бы лишь на два балла из тридцати...

— Всем лечь! Руки за голову! — заорал один боец, вероятно, командир, и грозно повел по залу стволом автомата.

Этот воин стоял от Майка в трех метрах. Остальные вышли на свои позиции, разученные ими для захватов в различных городских ситуациях. Сейчас парни начнут отрабатывать нехитрые знания в заполненном до отказа помещении.

Впрочем, помещение было не так уже и заполнено. Двое автоматчиков ушли вдоль стен, намереваясь через несколько секунд взять под контроль всю ситуацию в целом. Они видели, что в зале вооруженных людей нет, и поэтому психологически были настроены просто на легкое пьяное сопротивление, которое в крайнем случае можно стопроцентно погасить ударами сапог, прикладов и дубинок. Но Майк не думал, что у них все пройдет так просто.

Бросок на пол, перекат в сторону идущего вдоль левой стены. Два точных удара – и автомат у Майка в руках, а боец, хрипя, корчится на полу. Но Майк его не видел. Автомат полетел, вращаясь как пропеллер, и попал затворной коробкой в каску командира ОМОНа. Стрелять Майк не собирался. Бойцы проиграли бы в первые же секунды, как только бы он воспользовался автоматом по назначению. А Майку интересен сам тренинг.

Сделав нырок, агент хлестко подцепил еще одного бойца и, выпрыгнув по касательной, прошел рядом с четвертым. У парня тотчас что-то произошло со зрением, и он, закрыв руками глаза, пошатнулся и упал.

Перекат на полу, кувырок назад в падении, и одной ногой Майк отбил автомат последнего из омоновцев, а другой разбил ему коленную чашечку. Агент надеялся, что ничего серьезно, и мениск тому потом выправят. Ребром ладони Майк ударил парня по артерии и мгновенно отпрыгнул в сторону, выполнив перескок «мельницей» поближе к другому, которого агент сбил подсечкой. Лодыжку Майк повредил бойцу четко, даже несмотря на высокие «берцы» последнего. Тот, полулежа, попытался вытащить из кобуры «макаров». На выходе из «мельницы» Майк пригасил сознание бойца сокрушительным ударом пятки в голову.

Ну вот и все. Концерт закончен. Можно сказать — спасибо за внимание... Питерская милиция за этот вечерок наверняка безумно «полюбит» Майка заочно и будет упорно искать с ним встречи. Двое оставшихся целыми и невредимыми из братков, лежа на полу (они-то послушно выполнили приказ ОМОНа), все еще смотрели на агента снизу расширенными от изумления глазами. Майк усмехнулся, подмигнул парням и быстро двинулся к выходу.

— Сюда, Майк! — послышался голос Ольги.

Девушка помахала рукой от дверей служебного входа. Агент пошел на ее зов и оказался в коридоре.

— Вон туда! — показала Оля дрожащей рукой, обрамленной кружевной манжеткой.— Там выход на другую улицу.

— Спасибо! Сколько я должен за чудесный ужин? — спросил агент и полез в карман за деньгами.

— Какие деньги, Майк! — воскликнула она.— Все уже разбежались, не заплатив. Уходи быстрее!

Агент не торопился.

— Так все же, как насчет нашего свидания? — еще раз спросил Майк.— Вы еще не передумали, Оля?

Девушка чуть не плакала.

— Да уходи же ты! — тянула она Майка за руку.— Ну какой же ты все-таки! Конечно, приеду! Только, ради бога, уходи сейчас! Быстрее! Ну я очень тебя прошу!

Так и быть. Не стоило доводить свою спасительницу до слез. Это Майк был спокоен, как танк на консервации, а для девушки происшедшее — просто из ряда вон...

— Оля, исчезаю! Только не волнуйся так. Поверь мне, все было очень здорово!

Наклонившись, Майк поцеловал девушку в щечку. Та была просто поражена его самообладанием в подобной ситуации — он-то не видел особого повода для беспокойства.

Не спеша, агент прошел по коридору на улицу. Уже темнело. Майк посмотрел на часы. До встречи с Ольгой — целый час. Настроение — лучше некуда. Майк поймал какого-то частника и покатил в центр. Он посчитал, что лучше к месту подъехать пораньше, чем потом, возможно, прорываться через кордоны милиции. Цель у Майка одна — во что бы то ни стало попасть сегодня на свидание. Это получалось, как в полевом тесте на выживаемость — пройти от А до Я и в назначенное время с запасом только минут в пять быть в точке рандеву. Что ни говори, а сегодня агент порезвился на славу! Да и черт с ними. Главное, жизнь идет! Жизнь идет, и мы топаем с ней вместе. Пока можем...

4

Почти до трех ночи Майк был с Олей в очень шумном клубе (в плане музыкальной программы). Давно он так не отдыхал. Когда Оля появилась на месте встречи, опоздав на полчаса, Майк обрадовался ей, как ребенок. Он уже и не надеялся, что девушка после всего, что произошло у нее на работе по вине Майка, захочет поддерживать с ним отношения. Но, на свое счастье, он ошибся. Ольга взволнованно рассказала, какие разборки наводили потом милиционеры. Допрашивали всех. Понаехало много милицейских машин, всяких чинов от прокуратуры и прочих. Ольга также рассказала, что был там какой-то хрен в штатском, и он обмолвился, что некий супермен уделал милиционеров не только на Ольгиной работе, но и в другом районе. По описаниям свидетелей можно было утверждать, что это один и тот же человек.

Ольга напрямик спросила Майка, не он ли это? Со всей скромностью, на какую только был способен, агент признался, что это его рук дело, и никто больше не вправе приписывать себе подобные подвиги. Ольга так и не поняла, шутит ли Майк или говорит серьезно.

Натанцевались они вволю, одно плохо: под грохот музыки было невозможно разговаривать, и приходилось все время орать друг другу в ухо. Все-таки агента устроил бы клуб потише... Оля сказала, что у нее теперь два выходных дня и она может не заботиться о времени на сон.

Затем они съездили еще в одно место, где Майк смог Ольгу накормить и поговорить с ней в более комфортной обстановке. Он немного рассказал о себе, конечно же, придерживаясь легенды. От Оли же Майк узнал, что ее мать погибла в авиакатастрофе, а отец безуспешно пытался пробиться в современной жизни. Он у Оли — классный автомеханик и вообще мастер на все руки. Открыл собственную мастерскую по ремонту машин, но его все время теснят конкуренты. И сейчас у Ольгиного отца имелись серьезные неприятности с бандитами. Оля просила его быть осторожнее, но папик ее — отставной офицер бронетанковых войск, а это значит — очень упрямый и настырный, как те танки. Просто бизнес — не его стихия. Вернее, русский бизнес, где все норовят сожрать друг друга. Майк мог представить, как было тяжело бывшему офицеру.

Разговаривали они почти до шести утра. В начале седьмого, немного прогулявшись по набережной Невы, Оля вдруг вспомнила:

— Майк! Тебе же срочно нужно переодеться! Как я об этом забыла! Ведь тебя ищут!

Улицы и проспекты были в этот час пустынны. Даже такси поймать было нелегко.

— Ерунда,— успокоил ее агент.— Вот отвезу тебя домой, а там что-нибудь придумаю...

— Подожди... подожди... — нахмурилась Ольга.— А где ты сейчас живешь?

Майк пожал плечами и сделал неопределенный жест:

— Вот здесь... В этом чудесном и прекрасном городе!

Майк показал на Петропавловскую крепость, ее шпиль ярко горел в первых солнечных лучах нового дня.

— В общем так, капитан! Слушать мою команду! Сейчас едем ко мне. Никаких возражений не принимается! — сказала Ольга, делая генеральское лицо.

— Уи, мон женераль! — вытянувшись в струнку, Майк отдал честь и щелкнул каблуками.

— Так... Быстро сними куртку и дай ее сюда! — спохватилась Ольга и сама начала стаскивать с агента уже засвеченную перед милицией одежду.

Пришлось расстаться с предметом личного гардероба. Прохлады Майк почти не ощущал. Оля решительно свернула куртку и затолкала ее в свою сумку. Да и куртка-то — одно название, бумажная, и в кулаке взрослого мужика была способна превратиться в маленький комочек. Остановили отчаявшегося найти клиентов таксиста (как тот сам признался) и поехали в сторону Озерков. Майк удивился еще больше, когда узнал, что Ольга живет в собственном доме, из тех, что еще сохранились в черте города. Домик был аккуратный, одноэтажный, с небольшим фруктовым садом и дворовыми постройками. Низкий декоративный заборчик был сделан, видно, отцом девушки — каждая штакетина по-особому выпилена, и все вместе они создавали некий объемный рисунок. Рассчитавшись, Майк отпустил таксиста. Прошли в дом, где, как он успел заметить, было не менее четырех комнат.

— Попьем кофе? — тихо предложила Ольга, видимо, чтобы не будить отца.

Майк кивнул.

Кухонька была небольшая, но очень уютная.

— Этот дом остался от бабушки с дедушкой,— сказала Оля, возясь с посудой.— Пока папа с мамой скитались по воинским гарнизонам, у нас не было нормального жилья.

Майк устроился на удобном стуле и наблюдал, как девушка, которая нравилась ему все больше и больше, занималась домашним хозяйством. Все, что она рассказывала о жизни военных в России, Майк и так отлично знал. Да и кто теперь не в курсе, как живут защитники Отечества?! Как хреново живут. И ведь именно они, при их полной неустроенности в быту и нищенской зарплате, способны защитить, если возникнет необходимость, и честь, и свободу, и достоинство своей Родины. Именно они, эти неустроенные, не задумываясь, отдадут свою жизнь за опустившую их страну. Именно они.

— Ой! — тихо вскрикнула Ольга, взглянув на часы.— Папе уже пора просыпаться. Он обычно рано встает, сегодня что-то припозднился. Пойду подниму его, заодно он и позавтракает с нами.

Увидев на столике пепельницу, Майк решил, что курить здесь можно. Ольга сама не курила, но к дыму относилась легко. Девушка сама говорила, что ей все равно, если кто-то рядом дымит.

Ольга вернулась какая-то странная.

— Что случилось? — спросил Майк осторожно.

Она пожала плечами.

— Папы нет... Даже не знаю, где он. Может быть... — сказала она задумчиво, подойдя к плите.— У него, насколько мне известно, нет пока женщины...

— Может, задержался на работе? Возможен ведь такой вариант. Например, какой-то срочный заказ? — выдвинул Майк свою гипотезу.

Оля повернулась к нему, и в ее глазах вспыхнула надежда.

— Как же я не догадалась! Нужно туда позвонить! — обрадованно сказала она и бросилась к телефону.

Пока девушка набирала номер, Майк присматривал за кофе. Переговорив с кем-то, она снова погрустнела.

— Сторож сказал, что никого еще нет. И что мой папа вчера уехал с работы как обычно. Только дождался, когда придет Сергей Иванович.

Сергей Иванович — подполковник в отставке, друг отца. Он сейчас дежурит по ночам, охраняет папину мастерскую,— пояснила Оля.

Майк снял с плиты кофе. Ольга достала из буфета и расставила на столе чашки и вазочку с печеньем. Майк разлил кофе по чашкам.

— Ну, не волнуйся,— старался он хоть как-то ее успокоить.— Все будет хорошо. Может, все-таки у него есть знакомая...

Оля отрицательно помотала головой.

— Я точно знаю, что нет... Он бы сказал об этом,— сказала она, присаживаясь за стол, и, закусив губу, стала смотреть в одну точку.

На улице было слышно, как к дому подъехала и затормозила у ворот машина. Оля подскочила, словно ужаленная, и поспешила в коридор.

— Это папа! — бросила она весело на ходу.

Буквально через полсекунды она ворвалась на кухню, и вид ее заставил Майка подняться и приготовиться к самому худшему.

— Там... — Оля показала рукой назад, глядя в испуге на агента.— Там милиция!!! — сказала она почему-то шепотом.— Прячься, Майк!

Майк же не двинулся с места.

— Не стоит, Оля. Если будет нужно, я сумею от них уйти.

Девушка пошла открывать. Майк продолжал спокойно сидеть за столом и пить кофе. Вошла Оля, за ней маячили две милицейские фуражки. У одного на мятых погонах — звездочки старлея, у другого — капитанские. Капитан выглядел более опрятно и подтянуто. В руках у него была папочка, у старлея на боку болталась планшетка. Майк поднялся милиционерам навстречу. Сразу было видно, что приехали они не на задержание. Чтобы брать Майка, прислали бы машины две ОМОНа, ибо с его способностями и возможностями уже были знакомы.

— Доброе утро,— как-то не очень уверенно для такого пожелания проговорил лейтенант.— Я ваш участковый...

— Здрасьте... — поддержал его капитан.— Старший оперуполномоченный капитан Синицкий,— представился он.

— Проходите, пожалуйста,— пригласил их Майк к столу.— Вам сделать кофе? — спросил он у старшего по званию.

Поколебавшись, тот кивнул. Оля, предчувствуя беду, встала у плиты и умоляюще посмотрела на милиционеров.

— Тут вот какое дело... — мялся старлей.— Вы Ольга Владимировна?

— Вы уже спрашивали... Что с папой?

— Тут вот какое дело... — повторился старлей, глядя куда-то мимо Ольги.— Вашего отца вчера сильно избили...

Услышав эти страшные для нее слова, Оля закрыла лицо руками. Майк поставил кофейник на плиту и подошел к девушке, обнял ее за напрягшиеся плечи.

— Понимаете,— вступил в разговор капитан, видя, что старлей стушевался,— к нам уже поступали сигналы о том, что вашего отца пытаются запугать. Но информация исходила от людей, которые работают у него. Все они — бывшие военные и поэтому, естественно, пытались помочь Владимиру Андреевичу. Но сам-то он до сих пор заявление написать не удосужился. Поэтому мы ничего и не могли предпринять заранее...

— Что с папой? — всхлипывала Оля, не отнимая рук от лица, и ее плечи начали мелко-мелко дрожать.

— Он сейчас в больнице,— сказал капитан.— Успокойтесь, пожалуйста. Все будет хорошо. Мы только что оттуда. Состояние вашего отца удовлетворительное. Мы с ним разговаривали. Все у него будет в порядке, так сказал его лечащий врач,— заверил Ольгу капитан.

Девушка уткнулась Майку в грудь и зарыдала, уже не стесняясь милиционеров. Те же смущенно переминались с ноги на ногу. Майк отвел Олю в ее комнату и на время оставил одну. Вернулся к милиционерам.

— Мы собираемся пожениться,— сказал Майк, входя в кухню,— но ни Оля, ни Владимир Андреевич ничего не говорили о своих проблемах. Прошу вас, объясните, в чем дело. Что происходит?

Майк говорил четко и уверенно. Милиционеры ожили.

— Беда в том, что отец этой девушки не желает писать заявление,— сказал капитан.— А без этой бумажки, черт бы ее побрал, мы не можем ничего предпринять. Он и сейчас отказался с нами говорить по этой теме. А избили его основательно...

— Но косвенно вы же наверняка в курсе, кто все организовал? — спросил Майк, следя в этот момент за кофе.

— Трудно сказать... — не решался откровенничать капитан.

— Да это Бенгала банда! Тут и к бабке не ходи! — встрял в разговор старлей, снял фуражку и вытер вспотевший от волнения лоб.— Их это работа! Точно говорю!

Капитан молча кивнул.

Майк достал чистые чашки из буфета и налил ментам кофе. Агент пригласил старлея к столу.

— Вы слышали о Бенгале? — спросил Майка вполне доверительно старлей, прихлебывая горячий кофе.

— Берите печенье,— предложил им агент.— Вроде я что-то слышал, но я живу на Васильевском и здешних бандитов не знаю. Хотя и там с ними лично не общаюсь. У меня обычная работа.

Капитан налегал на печенье.

— Они здесь хозяева!..— возмущался старлей.— Ни черта с ними не можем сделать. Так... Иногда только мелочь попадается, да и тех почти всегда приходится отпускать. У них все схвачено...

Капитан даже поперхнулся после последних слов своего коллеги.

— Да ни черта у них не схвачено! — резко возразил кэп.

— А почему тогда мы их никак не посадим?! — задиристо спросил старлей.

— Не знаю... Но я у них точно не схвачен! — врезал кулаком по столу кэп так, что посуда подпрыгнула.

Майк посмотрел на разошедшихся в праведном гневе милиционеров. Эти ребята, похоже, честно тянули свою лямку. Без компромиссов.

— А я что, схвачен! — вскинулся старлей и уронил на пол свою фуражку.— Да мне уже два раза дверь подпаливали... — сказал он и полез под стол за своим «аэродромом».

— А я про тебя ничего и не говорю... — оправдывался капитан, тоже нагибаясь и шаря руками под столом в поисках фуражки приятеля.— Просто через нашего начальника ни одна серьезная бумага почему-то не проходит,— сказал он снизу.

Майку стало откровенно весело. Ребята совсем забыли, что он был не из их команды, посему говорить при нем лишнее не стоило. Вдруг милиционеры оба одновременно вынырнули из-под стола, и капитан пристально посмотрел на Майка.

— Вы, главное, сами не пытайтесь что-либо предпринять,— предупредил он.— Эта команда, о которой мы тут поспорили, на сегодняшний день, на их языке, называется «отмороженной»... Это очень опасно...

Майк согласно кивнул. Милиционер мог и имел право говорить о том, что и где опасно, но решать все-таки предстояло самому Майку. И ему казалось, что Бенгалу лучше бы теперь убраться со своей шайкой из города и сделать это как можно быстрее.

Но вот беда — никто Бенгала не предупредит заранее... Майк просто уже мечтал встретиться с ним и с его отвязанными ребятками и поговорить с ними на том языке, который они лучше всего понимают.

— Они хотели отнять у Владимира Андреевича уже налаженное им дело? — спросил Майк у кэпа.

Впрочем, тут и так все было ясно. Тот молча кивнул и сосредоточенно посмотрел на свою чашку.

— Я бы этих тварей... — снова не выдержал старлей, но капитан коротким взглядом осадил его, заставив замолчать.

— Вы вот что... — сказал кэп, доставая из папки блокнот довольно затрепанного вида и быстро что-то в нем написал.— Вот номера моих телефонов... Если у девушки возникнут проблемы, немедленно мне позвоните. Эти гады будут пытаться запугивать до конца. Я удивляюсь, как это до сих пор они не нашли сюда дороги...

Майк кивнул, дав понять, что ему все ясно.

— А как вас найти в случае чего? — спросил у Майка старлей, хрустя печеньем.

— Звоните сюда,— сказал Майк без запинки.— Теперь я точно не смогу оставить Олю без внимания ни на минуту.

Старлей понимающе кивнул.

— Будьте осторожны,— сказал капитан.— Простите, как вас зовут?

— Майк.

— Будьте осторожны, Майк. Постарайтесь не входить с бандитами в прямой контакт. Вам одному не выстоять, несмотря на вашу, судя по всему, отличную физическую подготовку. Они кавказцы... вы меня понимаете?

— Постараюсь,— успокоил его агент.

— Если что, сразу звоните мне. Или передайте тому, кто будет в тот момент на телефоне. Я предупрежу своих.

— Точно! — поддержал капитана участковый.— Вот вам номера и моих телефонов на всякий случай,— старлей написал на том же листике свои номера.— Звоните сразу...

— Спасибо. Если что, я непременно воспользуюсь,— пообещал Майк.

Милиционеры поднялись из-за стола, считая разговор оконченным.

— Считаю должным поставить вас в известность,— сказал капитан, надевая фуражку и одергивая китель,— на этой банде висит не меньше двенадцати убийств... Но... — он поморщился,— доказать это пока невозможно, хотя мы и подозреваем...

— Мы можем только предполагать... — снова встрял в разговор старлей, порывшись зачем-то в своих бумагах и застегнув планшетку.— Не сомневаюсь, если копнуть глубже, то и трупов там отыщется гораздо больше...

— Только никто не копает... — подытожил мысль участкового капитан и подал Майку руку на прощание.

— Спасибо за кофе,— улыбнулся участковый.

Майк проводил их до обшарпанного в постоянных рейдах старого милицейского уазика. Затем он вернулся в дом. Оля была у себя в комнате, она стояла у окна и невидящими глазами смотрела в сад. Майк подошел и обнял ее за плечи. Девушка резко обернулась, уткнулась Майку плечом в грудь, но уже не плакала.

— Что же теперь будет, Майк? — тихо произнесла она, не поднимая головы.

— Все будет очень и очень хорошо... — сказал ей агент без всяких на этот счет сомнений.— Ты даже не представляешь, как все у вас будет хорошо.

Оля подняла на Майка свои большие ясные глаза, в которых он прочитал безоговорочную веру в него и в то, что он говорил.

— Правда? — все-таки переспросила она.

В ее голосе звучала надежда и еще что-то, пока неуловимое для Майка.

— Более чем правда... — улыбнулся он.

5

Следующие два часа Майк с Ольгой провели у ее отца в больнице. Майк познакомился с ним, и ему понравился этот упрямый, но честный человек, отставной служака Российской армии. Вместе с ним они решили, что Ольге пока будет лучше пожить у сестры погибшей жены Владимира Андреевича. Та обитала на Ленинском проспекте в трехкомнатной квартире с мужем и уже довольно взрослой дочерью. Ольге там будет безопасней. Капитан милиции, прощаясь, советовал Ольге то же самое — если есть возможность, перебраться на время к родственникам.

— Что ты хочешь предпринять, Майк? — спросил отставной полковник, проницательно всматриваясь в глаза агента.

Ольга, услышав вопрос, притихла в ожидании ответа Майка.

— Все нормально, Владимир Андреевич,— улыбнулся тот.— Просто я пытаюсь выяснить некоторые моменты в этом деле.

Владимир Андреевич качнул головой, очевидно, сомневаясь в способностях Майка. Ольга, когда представляла того своему отцу, тут же выложила все, что сама успела узнать об агенте. Отец отреагировал совершенно нормально, только спросил, может ли он знать того полковника, из-за которого Майк не сделал офицерской карьеры (в соответствии с легендой). Майк назвал фамилию, но, естественно, Владимир Андреевич такой не слышал.

— Здесь не война, капитан... — задумчиво сказал он.

— Глядя на вас, господин полковник, в это трудно поверить,— возразил Майк, ибо тот сейчас был похож скорее на бойца, попавшего в больницу с поля брани, нежели на обычного больного.

Полковник улыбнулся сравнению, но тут же зашелся кашлем, морщась от боли. Ольга быстро наклонилась к нему, а Майк потянулся к кнопке вызовы медсестры. Полковник жестом остановил его руку.

— Норма, Майк... Это ничего... Не смертельно,— сказал он, немного придя в себя.

Выйдя из палаты, Майк переговорил с лечащим врачом, и тот заверил, что у полковника все будет в порядке. Ничего опасного для жизни и здоровья нет. Да и поместили Владимира Андреевича более чем пристойно, в палату на двоих, причем вторая койка пока пустовала.

Позже Майк отвез Ольгу к ее тетке на Ленинский. Побыв там недолго, где-то с полчаса, собрался уезжать. Оля, провожая Майка на лестничной площадке, предложила ключи от своего дома, ибо Майк отказался воспользоваться гостеприимством сестры ее матери. Договорившись, когда он снова приедет или в крайнем случае позвонит, агент выбрался на улицу.

Теплый, солнечный день. Узнав от Ольги адрес мастерской отца, Майк взял такси и помчался на Гражданку.

* * *

В мастерской Майк побеседовал с рабочими, друзьями полковника. Получив много полезной начальной информации, он снова поехал в Озерки, чтобы подремать пару часиков. Весь небольшой коллектив, узнав о несчастье своего шефа, собрался после работы навестить отца Ольги в больнице. Майк договорился с мужиками, что, если объявится кто-то из парней Бенгала, ему тут же отзвонятся и сообщат об этом. Майк поспал часа два, когда его разбудила трель телефонного звонка.

— Майк? — спросил в трубке приглушенный мужской голос.

— Да.

— У нас тут гости в гараже.

Трубку тут же повесили.

Отлично! На ловца и зверь бежит... Мигом собравшись, агент бегом преодолел метров двести до оживленной магистрали и выловил частника, согласившегося гнать на максимальной скорости до названного Майком адреса за солидное вознаграждение. Мужик-водила не соврал, и его старенькая «девятка» пролетела по улицам так, что Майку не раз казалось, что конечной остановкой станет городской морг или в лучшем случае больничка. Но водила оказался классным, и через десять минут агент уже миновал ворота мастерской, имеющей довольно обширную территорию, обособленную от остального городского мира.

Здесь находилось десять больших гаражных боксов. В шести из них ворота были открыты и были видны автомобили разных марок. Вдоль дальней стены — несколько машин, принадлежавших, вероятно, рабочим гаража, а посреди двора стояла черная семисотая модель БМВ. Какой-то работяга выглянул из бокса и махнул Майку рукой в направлении вагончика-конторки. Мент вошел внутрь — в кабинете Владимира Андреевича было шестеро. Двое из них — заместители полковника, а четверо — приезжие джигиты. Все бандиты Бенгала, как теперь говорится, были лицами кавказской национальности, но выяснять, откуда именно они приехали, Майку было скучно и неинтересно. Отношение Майка к этим ублюдкам, считавшими себя королями в российском городе, было совершенно определенное.

— Э! Что хочешь, да? — вся кодла смотрела на него с недоумением, а один из них, по-видимому старший, завелся на Майка с пол-оборота.

— Ты нэ видишь, тут разговор, да? Зачем мешаешь? Подожди, как нормалный человэк, на улице!

Гости сидели, расположившись с двух сторон стола, как полновластные хозяева этого заведения. А заместители полковника притулились у окна. Гости нещадно дымили сигаретами.

— Ты что, хозяин здесь? — спросил Майк старшего с самой издевательской улыбкой.— Чего пасть открываешь, дарагой, когда тебя, блядь, никто об этом не спросил, да? — передразнил его Майк.

— Э-э! Ну, билядь, ты и наглый! — зарычал тот угрожающе и медленно поднялся с места, сверля Майка огненным взглядом.

Сидевший рядом с ним крепыш с орлиным шнапаком тоже встал, глядя на агента исподлобья. Двое по другую сторону стола не двигались, видимо, считая, что своим участием в разборке окажут Майку слишком много чести.

— Не наглый, а очень справедливый,— ухмыльнулся Майк, не сводя глаз со старшего.

Тот взорвался.

— Как ты сказал мэнэ? А? Повторы! — он уже был готов броситься с «кынжалом».

Кавказцы были одеты по-летнему, все в цветастых рубашках, и только один из них — в черном. Оружия у них с собой не было — разве что «перышки» в карманах брюк. Но это было несерьезно.

— Да привет, говорю, козел,— пояснил Майк бестолковому абреку.

Шаг вправо — и ребро правой ступни раздробило орлу с непомерно вытянутым клювом челюсть. Тот взмахнул крыльями и, войдя в штопор, рухнул на пол. Левой стопой Майк припечатал грудину старшего до позвоночника, и тот с грохотом перепорхнул через стол. Остальные горцы вскочили со своих мест, но сами, наверное, уже поняли, что опоздали. Майк перепрыгнул на их сторону и загасил крайнего справа ребром ладони по остро выступающему кадыку. Ударом в пах заставил присесть четвертого и, схватив его за уши, с удовольствием размазал его морду о поверхность канцелярского стола. Впрочем, пачкать мебель кровавыми соплями не стоило, и агент, как половую тряпку, отшвырнул джигита в угол. Заместители Владимира Андреевича с ужасом взирали на происходящее. Да, пенсия для военных — это гибель воинского духа.

— Сейчас объясню, что будете делать,— сказал Майк отставникам и обыскал кавказцев.

Забрав наличку из карманов, он стал обладателем большой суммы денег, как в долларах, так и в рублях. Считать все это было некогда.

— Николай Сергеевич,— обратился Майк к заместителю полковника.— Подойдите сюда, пожалуйста...

Тот, с опаской обходя валяющихся на полу «гостей», приблизился к столу.

— Вот деньги,— указал ему Майк на две разномастные кучки купюр на столе.— Сейчас вы поедете в ведомственную охрану. Там заплатите, сколько надо, чтобы уже с сегодняшнего дня ваш гараж охраняли официально нанятые милиционеры... Вы меня поняли?

Тот кивнул, потом покосился на бездыханные тела. Черные продолжали пребывать в отключке.

— А что делать с ними? — спросил неуверенно отставник.

Майк улыбнулся:

— Я с ними разберусь.

Заместители посмотрели на него недоверчиво.

— Если у вас спросят, приезжали ли к вам эти кенты, скажете, что нет.

Отставники начались трястись мелкой дрожью.

— Спокойно, господа офицеры! — зарычал на них Майк.— Отставить мандраж! Вы на войне!

Резкий тон Майка подействовал на них положительно. Мужчины подтянулись и уже тверже смотрели Майку в глаза.

— Этих тварей — в свободный бокс! И туда же их машину,— отдал Майк распоряжение.— Сначала я с ними там поговорю, а потом отвезу тела подальше...

— Понял. Сейчас все сделаем,— сказал Николай Сергеевич и вышел из вагончика.

Второй заместитель присмотрелся к развалившимся на полу.

— Где служил, сынок? — спросил он с улыбкой, подняв голову на Майка.

Тот ему подмигнул:

— Спецназ, батя.

— Ясно,— хмыкнул второй зам.— Живых не будет... — и, наклонившись, проверил пульс на шее одного из гостей.

6

После получасовой беседы с джигитами Майк уже был в курсе, кого, где и как ему искать. Судя по рассказам его подопечных, до Бенгала добраться будет трудновато. Абреки были очень откровенны с Майком – слава богу. В гараже нашлись слесарные инструменты, использование которых в «задушевной» беседе облегчило получение интересующей агента информации. Обратно в БМВ Майк загрузил уже трупы. Свернуть шеи бойцам не составило особого труда. И обещание, зарок, который агент дал себе по приезду в город, уже не имел силы. Время истекло, и руки у него были развязаны...

Майк выгнал БМВ на улицу и, проехав в другой конец района, оставил машину у пустыря. Уйдя подальше, он снял тонкие резиновые перчатки, без которых, как правило, не работал, и запихнул их в урну. Дворами вышел к ближайшему проспекту. С пересадками на троллейбусе и трамвае добрался до небольшого ресторанчика. Именно здесь, как было теперь известно Майку, собирались «гости» города, чтобы обсудить свои финансовые дела.

Майк предварительно надел новую пару резиновых перчаток и зашел в ресторан с черного хода. Таких перчаток у него — как у хорошей хозяйки — навалом. Майк проскользнул мимо полупьяного пожилого грузчика, волочившего тележку, груженную пустыми ящиками, и оказался в узком служебном коридоре. Машин перед парадным входом агент не видел, а во дворе — только один «трехсотый» «Мерседес». Похоже, хозяин этой забегаловки был на месте. Поскольку еще не поздно, много народа в зале быть не должно.

Агент заметил мелькнувшего в коридоре охранника, который открыл дверь и куда-то вошел. Охранник был вроде бы русский. Майк прошел по пустому коридору и выяснил, где выход к бару, а также двери на кухню. Молоденькая официантка выкатила из кухни столик на колесиках с приготовленными на нем блюдами. Майк нырнул в дверь, куда только что вошел охранник. Это помещение — для отдыха персонала. Охранник сидел к агенту спиной и пил кофе, глядя в телевизор. Услышав шаги, он хотел было повернуться, но, конечно, не успел. Майк слегка придавил его рукой и, рывком сбросив на пол, припечатал коленом в спину. Вот так — мордой в пол и без глупостей.

— Где шеф? — спросил агент тихо, специально искажая голос и одновременно избавляя паренька от 71-го табельного «ижа» с укороченным «пээмовским» патроном.

— В семнадцатом кабинете... — прохрипел боец.

— Где ключ от этой комнаты?

— На столе...

— Вот и молодец,— похвалил его Майк за готовность помочь и надолго вырубил.

Все, что произойдет дальше, парня не касалось. Он всего лишь нанятый рабочий из охранного агентства. Майк забрал ключи и выглянул в коридор. В дальнем конце коридора стояли две официантки и болтали, дымя сигаретами. Майк зашел, закрыл двери на ключ. Семь шагов по коридору до двери с номером семнадцать. Цифры были выведены красной масляной краской. Красный цвет скоро будет доминировать в этом помещении. Майк налег на дверь плечом — закрыто. Постучался, как порядочный... Краем глаза он отметил, что девчонки на него внимания не обратили и продолжали трепаться.

— Кто? — послышался из-за двери голос.

Даже это короткое слово произносилось с характерным акцентом. Забыл спросить охранника, как зовут его шефа! «Черт с ним,— решил Майк.— Назовусь сам».

— Костя! Из охраны! — соврал он без стеснения.

Кастрированный ПМ был заткнут у агента за пояс под пиджаком.

— Какой такой Костя-Мостя? — пробурчали за дверью, но замок все-таки щелкнул.

В проеме показалась усатая рожа, довольно толстая и сальная. Понятное дело — владелец общепита.

— Ты кто? А? — удивился усатый.

Майк улыбнулся ему как можно благодушнее, одновременно охватывая коридор периферийным зрением. Официантки докурили, досмеялись и утопали по своим делам. Коридор был пуст.

— Я же сказал тебе, сын ты ишака, что я — Костя! — рявкнул Майк и пинком ноги в жирное брюхо освободил себе проход в кабинет.

Утробно хрюкнув и выпустив воздух из штанов, усатый сел на пол.

— Не двигайся, родной! — выхватив пистолет, Майк направил его на второго типчика, сидевшего в кресле, а сейчас вдруг решившего приподнять свою задницу и возмутиться.

Агент прикрыл дверь и, не выпуская клиентов из виду, повернул левой рукой в замке ключ. Сидящий в кресле напряженно следил за действиями Майка. У этого типа усов не было, в вот брюхо — такое же, как и у усатого. Удивительно они были похожи друг на друга. Близнецы, что ли?

— Ты хозяин этого кабака? — спросил Майк, подходя к креслу.

Мужик отрицательно замотал головой. Хозяин ресторан, кряхтя и постанывая, поднялся с пола. Сидящий в кресле обратился к нему, косясь на Майка:

— Гыр-гыр...

Что они там меж собой лопотали? Как пить дать — о Майке. Но ведь это очень невежливо —

говорить о человеке в его присутствии на непонятном ему языке. Ударом рукоятки пистолета по губам толстяка без усов Майк прервал сии прения. Депутат от Чуркестана мгновенно заткнулся, посмотрел на агента волком и схватился за челюсть.

— Разговорчики в строю! — добродушно проговорил Майк.— Мне нужен Бенгал. Как до него, родимого, добраться?

— Ты нэ сможешь такой сдэлать,— гордо заявил усач.

— А ну-ка расскажи мне — почему?

— Нэ сможешь... — упрямо твердил директор.

Тоже аргументы — не сможешь и все!

Второй тип скрючился в кресле, баюкая в руках побитую морду. Майк был уверен, что тот больше притворялся. Силу удара рассчитывать он умел. Майк сделал шаг к усатому, и тот испуганно попятился. Майк показал директору стволом на свободное место.

— Думаешь, я с тобой пришел в пятнашки играть? — спросил он.

Тот в ситуацию врубился и послушно поплелся к креслу. Агент дождался, пока тот устроится. Неожиданно в дверь кабинета кто-то негромко постучал. В глазах усатого тут же вспыхнула надежда. Конечно же, он надеялся на чудо. Приятель его, забыв про челюсть, тоже посмотрел на дверь. Оказывается, Майк ему даже губу не разбил. Крови не было. Значит, притворялся. Агент кивнул на дверь.

— Ответь,— приказал он тихо.

— Кто нужен? — крикнул усатый.

— Это я, Юля! Вы просили принести обед... — донеслось с той стороны двери.

— Нэ надо! Долго ходышь! — злобно рявкнул усатый.

Даже в такой ситуации он был более чем груб с низшим звеном своих работников. Понятно, гыр-гыры считали, что они хозяева в России. Русские мужики для них — пустое место, а женщины — сплошь бляди. В соответствии с этой программой они и корректировали свои поступки в русских городах. Ну, с этого дня Майк сам будет корректировать количество этих «кепок», по своему усмотрению... По коридору было слышно удаляющееся постукивание каблучков. Эти девушки, что соглашались работать на горцев, для Майка вообще оставались загадкой. Ладно если бы была такая безработица, но нельзя же позволять, чтобы тебя постоянно унижали...

— Что хочешь? Дэнэг? Я дам тэбэ дэнэг! — начал усатый торг.

— По фую твое лавэ,— оборвал его Майк.— Что мне нужно, я возьму сам.

Усатый заткнулся. Его приятель вспомнил, что у него болит челюсть, и вновь скорчил жалобную рожу. Хреново, кстати, у него получалось. Тоже, блин, артист. В театральный институт Майк бы его не принял.

— Первый и последний раз — как мне добраться до Бенгала?

Те, кого Майк отвез в БМВ на пустырь, так конкретно на этот счет и не сказали, зато дали кучу адресов своих корешей и сообщили, где, кого и как найти.

— Я малэнкый челвэк, да? Я нэ ходыл к Бэнгалу... Он сам прыходыл... Его человэк прыходыл, дэнгы брал... Я нэ знаю, как к нэму ыдты...

— А кто знает?

Директор пожал плечами.

— Зачем так плохо о нас думаэшь? Зачем пыстолэт угрожаэшь? Э-э! Нэ надо так... Заходы как друг... Будэм кушат хорошо, пыт конак будэм, красывый дэвушэк смотрэт будэм... Что надо — сам всэ узнаэшь... — стлал он из слов восточный коврик.

Майк засунул пистолет за пояс и улыбнулся ему уже по-дружески. Директор, довольный своей дипломатической прозорливостью и умением общаться с людьми, тоже изобразил на лице некое подобие улыбки.

— Э! Какой молодэц! — похвалил он Майка.

— Может, извиниться все-таки перед ним?..— кивнул агент в сторону его приятеля.

Тот услышал эти слова и поднял голову. Майк подошел к нему и одним рывком сломал мужику шейные позвонки. Финита ля комедия. Артист, как мешок с дерьмом, завалился на пол. Усатый застыл в кресле, не веря своим глазам. Майк присел на край стола, как будто ничего не произошло, и снова достал из-за пояса пистолет.

— Так кто знает, где найти Бенгала? — повторил он все тот же несложный, по его мнению, вопрос.

— Шакал! — вдруг зашипел усатый, ощерившись на Майка и весь подбираясь.

Жаль. Он понял, что живым его Майк не выпустит, и решил встретить свою смерть по-мужски.

Терять ему действительно было нечего. Что ж, такое поведение в момент смертельной опасности можно назвать достойным. Агент же спокойно сидел на краешке стола, болтая ногой, и ждал. Усатый все-таки решился. Майк стрелять не хотел — к чему лишний шум? Левой рукой он нащупал за спиной пластмассовый ножичек для разрезания бумаги. Усатый скрюченными пальцами попытался схватить Майка за горло. Хлесткий удар сбоку — и агент тут же отпрыгнул подальше, чтобы не запачкаться кровью. Директор на миг замер. Пластмассовый кинжальчик Майк вогнал ему глубоко в шею. Силясь вытащить тонкую ручку, усатый, хрипя и пуская кровавые пузыри, рухнул на пол и мелко засучил по паркету ногами. Агенту пришлось наклониться и придержать его, чтобы тот не привлек своей агонией внимание посторонних.

Подождав, пока обмякнет тело, Майк произвел обыск кабинета. Ничего, кроме пачки сотен в долларах и пары увесистых пачек в рублях, агент не обнаружил. Деньги Майк забрал. Общак Бенгала за сегодняшний день заметно уменьшился. А может, и незаметно, кто его знает, какими суммами ворочали абреки. Но во всяком случае, повод Бенгалу для раздумий был обеспечен. Майк ведь только начал свою партию, и у черных впереди было еще ой как много «приятных» неожиданностей.

Агент выбрался в коридор и, убедившись, что никого поблизости нет, запер дверь на ключ и взял его с собой. На кухне гремели кастрюлями и крышками. Хозяева этого заведения свое уже отожрали, и стоило теперь заняться их друзьями. До Бенгала Майк доберется, чего бы это ему ни стоило.

Агент направился к выходу и услышал за спиной женский голос:

— Молодой человек! Вы не знаете, когда они освободятся?

— Нескоро... — бросил Майк на ходу, не оборачиваясь, и вышел во двор.

Проскочив арку ворот жилого дома, он выбрался на улицу. Еще один адрес нужно было отработать, пока в улье гыр-гыров кипеш не начался. Скоро черные засуетятся и станут осторожней. Гыр-гыры предпочитали чисто спекулятивный бизнес. Ресторанчики, кафешки, шашлычные, ларьки и рыночные лотки — это была их излюбленная тема. Настоящих трудяг среди них немного, да и те занимались чем-то вроде сапожного ремесла. Поэтому почти все адреса, которыми Майк располагал,— это рестораны, где хозяева — сплошь друзья и родственники Бенгала.

Майк не был националистом, но так уж сложилось, что те ребята сами навели на себя неприятности. У них там есть такое понятие, как кровная месть, так почему бы ему не прижиться и среди других людей — например, среди русских?

7

Первый адресок, который Майк хотел проверить,— ресторан на окраине города рядом с кинотеатром. Вернее, так: в здании кинотеатра — огромный холл, в котором у игровых автоматов пасется молодняк. Касса Бенгала строчила монеты сразу на две точки. Может, он в скором времени переделает кинотеатр под казино? Прецедентов в Питере уже хватало.

В ресторане народу много. Судя по публике, заведение не из дорогих, грязноватое, что, впрочем, типично для кабаков, которые держали наши «гости». Майк бегло осмотрел посетителей. Кавказцев здесь не было. Публика молодая, похоже, студенты. За стойкой бара стояла девушка довольно потасканного вида с мешками под глазами, густо обведенными чем-то черным. Вид у телки — блядский до невозможности. Вот такие сучки в основном на «орлов» и работали. Какая нормальная девчонка согласится, чтобы ее каждый день унижали! Тем более за гроши — абреки платить не любят. Неподалеку от стойки — дверь в служебный коридор.

Задроченная барменша тупо уставилась в небольшой экран переносного телевизора и курила. Майк незаметно проскочил в коридор и носом к носу столкнулся с одной из поварих. От нее воняло жуткой кислятиной и подгоревшим маслом, халат у этой работницы был весь в жирных пятнах и каких-то подозрительных подтеках. Майк бы не рискнул пообедать в подобном заведении. Даже съесть кусочек хлеба — и то тут наверняка проблематично. Заметив дверь служебного туалета, агент проскользнул внутрь. Пусть толстуха думает, что посетителю их тошниловки стало худо. Агент был уверен, что такое здесь случается частенько.

Майк натянул резиновые перчатки и выглянул в коридор, осторожно приоткрыв дверь. Пусто. Ну все, вперед на мины! Агент наугад быстро пошел по коридору, полагаясь только на свою интуицию. Запахи здесь — любого из здешних работников Майк бы удавил! Стоп. За одной из дверей была слышна музыка. Агент посмотрел по сторонам — коридор пуст. Он толкнул дверь, и она легко поддалась.

Гыр-гыра агент увидел сразу. Тот сидел на диване, а рядом с ним — полурастрепанная блондинка. Вернее, она была у него в ногах и с усердием выполняла минет. Абрек посмотрел на Майка с недоумением, вцепившись своими грязными лапами в волосы потаскушки.

— Я из Москвы. Базар есть... — резко сказал Майк черному.

Агент прошел к дивану и, рывком подняв шалаву за ухо, подтолкнул ее к выходу. Шлюшка, ей было лет пятнадцать, не больше, даже не вскрикнула. Из ее напомаженного рта текли слюни. Майк легким пинком под зад придал ей ускорение.

— Нас не тревожить,— сказал ей агент вдогонку.

Девчонка одной рукой пыталась застегнуть блузку, а другой вытирала рот и летела к выходу, не оглядываясь. Майк закрыл за ней дверь.

Ключа в дверях не было. Может, абрек думал, что без стука сюда войти никто не осмелится? Ну так это он зря. Ей-богу, зря.

Зверек застегивал брюки, не поднимаясь с дивана.

— Э-э! Что за спэшка, дарагой? — спросил он раздраженно.

Майк молча показал ему пистолет. Гыр-гыр, уже приподнявшись, медленно упал на диван.

— Нэ... Ты это... Нэт, брось... — пробормотал он, глядя, как загипнотизированный, на срез ствола.

— Отвечаешь мне быстро и четко! — приказал Майк.— Где и как я могу найти Бенгала? Отвечаешь верно — живешь. Ну!

Нервно сглотнув, кавказец начал выдавать информацию. Вот это уже было лучше! Черный не сводил глаз со ствола пистолета. С пушкой всегда проще вызвать человека на откровенность.

Майк внимательно слушал и запоминал, стараясь не прерывать поток слов, даже когда гыр-гыр нес уже полную тарабарщину. С русским языком у него были проблемы, но несмотря на «языковый барьер» Майк узнал даже больше, чем рассчитывал. Пора было здесь заканчивать. Зверек продолжать говорить, но агенту уже было некогда его слушать. Майк посмотрел на диван. На диване было то, что нужно. Джигит испуганно замолк и вытаращил на Майка округлившиеся от ужаса глаза.

— Ты уверен, что сказал мне правду? — спокойно спросил Майк.

Тот быстро кивнул.

— Всо как эст! Мамой кланус! — заверил он.

Майк тоже думал, что врать тому смысла не было — как-никак спасал свою шкуру, поэтому и заложил всех своих кентов. Ударом ноги агент вырубил рассказчика. Затем поднял с дивана небольшую подушку, прижал ее к стволу пистолета и, прижав подушку к голове зверька, спустил курок. Хлопок, клацнул затвор, легкий шум, и на пол полетела горячая гильза. Во лбу зверька теперь была дырка, несовместимая с его дальнейшей жизнью. Пуля ушла в толстую спинку дивана, на выходе из черепа забрызгав обивку кровью и мозгами. Вот и не стало еще одного хозяина... А может, и не хозяин он был этого гадюшника вовсе? Впрочем, какая Майку разница? Главное, свежий покойник рассказал все, что от него требовалось.

Агент пошел к выходу, подобрав перед этим гильзу. На всякий случай. Неожиданный топот ног по коридору заставил его остановиться. Черт! Майк спрятался за угол офисного стеклянного шкафа. Дверь открылась, и в кабинет ввалились трое. Эти джигиты удивительно быстро оценили ситуацию. Увидев убитого, они выдернули пистолеты из-под темных, мешками на них висящих, пиджаков. И все-таки мальчики опоздали – удары «макаровских» пуль уже отбросили их на стены кабинета. Майк разрядил всю обойму. Бросил «ижак» и подобрал с пола выпавший из руки одного бойца «стечкин» с глушителем. Проверил карманы хозяина АПСБ – отлично, еще две полные запасные обоймы. Нашумел агент тут изрядно, и скоро, по всей видимости, тут начнется концерт... В помещении густо воняло сгоревшим порохом и свежей кровью. Стволом «стечкина» Майк подцепил с одного из трупов чудом не свалившуюся кепку и вышсл в коридор. Козырек кепаря он нахлобучил на самые глаза. В коридоре толпились какие-то мужики и тетки из обслуги. Майк вскинул в их сторону пистолет, внушительно удлиненный бочонком глушителя:

– Всем лечь!

Раздался женский визг, и народ понятливо завалился на пол, закрывая головы руками. Майк выскочил с черного входа на улицу. Отмахав полквартала быстрым шагом, он остановился, чтобы проверить, как у него под одеждой сидел «стечкин». Вроде не выпирал. Машинка в качестве трофея досталась ему серьезная, и он этому был рад. Да и вообще настроение отличное. Адреналин играл в крови как шампанское. Майк снова был на тропе войны.

Он избавился от перчаток и поймал частника. Поменяв две машины, добрался до дома Ольги в Озерках. Спрятав оружие и деньги, завалился спать. Норму на этот день Майк выполнил, а вот за вчерашнее недоспал — это точно.

Агент не думал, что канитель с Бенгалом теперь затянется надолго. Помешать исполнению его замыслов смогут разве что объединенные силы НАТО. Да и в этом случае что-то можно будет придумать...

8

Майк проснулся от зазвонившего телефона. Посмотрел на часы. Уже вечер. Да, неслабо агент придавил подушку. Зато теперь Майк чувствовал себя отдохнувшим, бодрым и готовым к дальнейшим «мероприятиям».

Агент поднял трубку.

— Майк? — раздался звонкий голос Ольги.

Настроение у нее, похоже, улучшилось.

— Да, малыш. Привет!

— Привет! Я была у папы! Мы ездили к нему с Галей. У него все в порядке. Он уже начал ходить по палате,— весело выкладывала Ольга агенту свои радостные новости.

Тот слушал, поддакивал. Делегация отставников уже была у полковника, но Оля лишь мельком упомянула об их визите, значит, при ней о том, что произошло в гараже, когда туда приехал Майк, никто не трепался.

— Ты спал?

— Да, Оль. Отлично выспался и рад, что твой отец приходит в норму.

— Я тоже очень рада! Ты будешь сегодня занят?

Майк улыбнулся. Оля снова была готова с ним куда-нибудь сходить.

— У меня намечены кое-какие дела на вечер,— пояснил Майк несколько туманно.— Но завтра я обязательно к тебе приеду. Хорошо?

— Конечно! Я буду тебя ждать!

Майку было приятно, что у девушки чудесное настроение.

— Тогда пока...

— Целую! — неожиданно сказала она и отключилась.

Майк опустил трубку. Вот это да! Целует... Здорово. Но тут снова зазвонил телефон, прерывая приятное течение мыслей и не давая агенту подумать.

— Майк? — послышался хрипловатый басок полковника в трубке.

— Да, Владимир Андреевич.

— Спасибо... — сказал он и замолк в напряженном ожидании.

— Собственно, не за что,— Майк попытался отшутиться.

Агент не любил вести серьезные разговоры по телефону.

— Вас понял,— согласился полковник, сразу повеселев.— Но как будем жить дальше?

— А дальше — больше и лучше... — рассмеялся Майк тому, что его понимают.

— Будь осторожен, сынок, я тебя очень прошу,— полковник сделал паузу, потом, кашлянув, сказал: — Ради Оли, будь осторожен.

— Я постараюсь,— сдержанно ответил Майк.

— Надеюсь, скоро увидимся,— вздохнул полковник, но голос его был тверд.

— Обязательно увидимся. Выздоравливайте!

Майк положил трубку. Рывком поднялся и пошел в душ. Через пять минут он заварил кофе и приготовил яичницу с колбасой.

Он уже заканчивал ужин, когда от калитки позвонили в дом. В сенях справа от входных дверей — небольшое окошечко. Агент посмотрел в него и увидел у калитки капитана милиции, с которым познакомился утром. Принесла нелегкая... Чертыхаясь, Майк пошел открывать. Кэп, хмурый и сосредоточенный, терпеливо ждал. Он был один и без служебной машины.

— В чем дело, капитан? — спросил Майк.— Что-то случилось?

Агент, конечно, догадывался, почему капитан был такой грустный. Работы ему сегодня подбросили достаточно. Милиционер смотрел на Майка испытующе. Без улыбок. Но агент — не барышня, проживет и без улыбок.

— Я могу пройти? — спросил капитан.

— Разумеется. Никаких проблем,— сказал Майк, открывая калитку и пропуская милиционера во двор.

Прошли в дом.

Майк пригласил капитана на кухню и поставил на плиту кофейник. Опер занял свое утреннее место. Видок у него был чахлый.

— Хотите перекусить? — предложил агент.

— Нет, что вы, не стоит... — возразил капитан и, пошарив по карманам, вытащил сигареты.

— Опера всегда ходят голодные,— рассмеялся Майк и начал готовить такую же яичницу с колбасой, что и себе.

— Мрачный... — вдруг проронил опер у Майка за спиной.

Тот не обернулся, услышав свою кличку, и даже не напрягся.

— Что вы сказали? — спросил он, как ни в чем не бывало, перекладывая яичницу со сковородки в тарелку и одновременно приглядывая за кофейником.

— Нет... Я так... Ничего... — тут же устало сказал опер.

Похоже, пронесло. Майк снял с плиты кофейник и налил капитану кофе.

— Сейчас подзаправитесь,— подмигнул ему агент.

Опер кисло улыбнулся, отложил сигарету в пепельницу и, взяв чашку двумя руками, опять негромко вздохнул.

— У вас здесь все в порядке? — спросил он, наклонившись к чашке и глядя на Майка исподлобья.

— Пока все нормально,— ответил агент.— Навестили Владимира Андреевича, потом я по вашему совету отвез Олю в безопасное место — к ее тетке. Теперь вот дом сторожу...

Капитан рассеянно кивнул, думая о своем.

— Я рад, что пока у вас все хорошо,— пробубнил он, явно не слыша Майка.

Взгляд у кэпа был отсутствующий.

— Сейчас я вам сделаю салат из огурцов и помидорчиков,— пообещал ему Майк, открывая холодильник.

— Спасибо большое. И так достаточно... — вяло возразил опер.

— Ничего, стерпите, витамины еще никому не вредили,— сказал Майк, вытаскивая из холодильника овощи.— Жаль, нет укропа...

Быстро приготовив салат, Майк подал его оперу, залив сметаной. Пододвинул открытую хлебницу.

— Спасибо,— капитан, вооружившись ножом и вилкой, принялся за еду.— Очень вкусно,— благодарил милиционер, уплетая за обе щеки.— У вас странные шрамы на груди и спине. Это откуда? — спросил он как бы между прочим.

Черт! Майк не успел накинуть рубашку и разгуливал перед ментом в одних брюках и тапочках.

— А, ерунда,— небрежно бросил агент и вышел в другую комнату одеться.

Шрамов у него действительно хватало, и два из них были от пуль. Остальные — резаные от тесаков. Одевшись, агент вернулся на кухню.

— Вы где-то служили? — спросил капитан, не желая менять тему. Он почти справился с едой.

— Спецназ ВДВ,— лаконично ответил Майк, закуривая сигарету.

— А... Вот оно что... — капитан посмотрел на Майка с нескрываемым удивлением и уважением.— Извините...

— За что же извиняться? — Майка немного рассмешила подчеркнуто вежливая манера. Удивительно было слышать такое от матерого мента.

Кэп, покончив с едой, сам вымыл в раковине тарелку и чашку. Поставив чистую посуду на буфет, возвратился на место.

— Благодарю вас,— сказал он и закурил.

Майк спокойно ждал, что будет дальше.

— Представляете,— начал он, глубоко затянувшись и выпустив дым,— кто-то вдруг вплотную занялся людьми Бенгала...

Агент, сделав удивленное лицо, стряхнул пепел.

— Кто же это может быть?

Кэп пожал плечами и вдруг усмехнулся:

— Кто бы это ни был, ему можно только пожелать удачи...

«Что же у тебя на уме?» — подумал агент, с возрастающим интересом глядя на опера.

— И чего же удалось добиться этим ребятам? — спросил Майк.

— Трупов уже выше крыши. Всего за один неполный рабочий день,— хмыкнул капитан, хитро поглядывая на Майка.— Кто-то валит кавказцев штабелями, и черт его знает, что будет дальше. А, может быть, вы, Майк, в курсе, чего ожидать нам, операм?..

— Вряд ли я сумею вам чем-нибудь помочь, но судя по вашим же рассказам о банде этого... как его... Бенгала... желающие его прикончить вряд ли остановятся, пока не доведут свою работу до конца,— размышлял вслух агент.

— Послушайте, Майк,— кэп через стол наклонился к агенту.— Вы очень похожи на одного человека... По описанию... Тот человек совершил в городе всего за два дня целый фейерверк преступлений.

— Вот уж не думал, что у меня такая криминальная внешность! — усмехнулся агент.— И что же это за преступления?

Капитан откинулся на спинку стула и пристально посмотрел Майку в глаза. Глубоко затянулся сигаретой и вдруг залился веселым мальчишеским смехом. Майк тоже улыбался. Этот капитан — еще тот типчик. Умный, зараза, чертовски умный опер.

— Хорошо, очень хорошо,— сказал, отсмеявшись, кэп.— Я теперь буду более чем уверен в своих догадках. Но пусть так и будет... — он встал, надел фуражку.— Я тоже когда-то служил в ДШБ... Был на войне...

Капитан протянул Майку руку. Тот крепко ее пожал. Хватка у опера была железная. Они молча пошли на выход. Кэп вдруг остановился.

— Можно дать вам один совет, Майк? — как-то странно спросил он.

— Конечно.

— Запоминайте... — и опер назвал несколько медицинских препаратов, которые можно было купить в любой аптеке.

Майк удивленно посмотрел на него:

— Я совершенно здоров.

— Не то... — отмахнулся опер.— Вы запомнили?

Майк повторил названия. Кэп удовлетворенно кивнул.

— Когда купите все это, то соотношение жидкостей будет следующим... — и он объяснил, что нужно сделать с этими лекарствами и как их правильно смешивать.

Майк не совсем понимал, к чему тот клонил, но слушал очень внимательно.

— Я все запомнил,— заверил он капитана.— Но для чего мне все это?

— Иначе тест на микрочастицы пороха на руках вы не пройдете,— ухмыльнулся опер.— Примите к сведению. У вас, Майк, прекрасные нервы. И вообще вы делаете то, что я сам бы хотел делать, но не могу. Я — по другую сторону. Впрочем, в этой войне я с вами...

Не прощаясь, он вышел во двор. Майк посмотрел ему вслед с крыльца. Опер не побоялся прийти сюда один, хотя и был уверен, что Майк — именно тот человек, которого ищет его ведомство. Взглянув на свою правую руку, Майк увидел, что кэп действительно был прав: мелкие порошинки пробили тонкую резину перчаток и въелись в кожу. Майк усмехнулся — этот милиционер далеко пойдет.

9

На часах — половина десятого вечера, но на улице светло, почти как днем. Белые ночи в Питере. На ночь глядя Майк собрался прокатиться в город. Для лета агент оделся несколько странновато — темные, плотно облегающие джинсы, поверх них — широкие спортивные брюки. Также на Майке были темные кроссовки под замшу, белая футболка с высоким воротником, сверху — черная рубашка из джинсовой ткани (воротник подогнут внутрь, пуговицы расстегнуты до середины груди). Агент натянул еще и синюю спортивную ветровку с капюшоном. «Молнию» куртки он застегнул так, чтобы была видна только белая футболка. На голове — темная бейсболка с длинным козырьком. В небольшой молодежный рюкзачок Майк запихал полотенце, туалетные принадлежности, какую-то книжку в дешевой обложке, позаимствованную из библиотеки полковника. Глушитель и пистолет по отдельности — за пояс джинсов. В доме полковника нашелся спортивный велосипед. Заперев двери, агент покатил к железнодорожной станции Удельная.

Для такого позднего времени народу на платформе — не протолкнуться. Летний период. Владельцы приусадебных участков, нагруженные саженцами, досками, сумками и рюкзаками немыслимых размеров, перли на «отдых». В России отдыхать означает строить свой сарай за городом, ковыряться в огороде и пить горькую.

Купив билет, агент маялся в толпе полупьяных дачников, ожидающих электрички. По перрону проковыляла жирная неопрятная тетка с большой корзинкой сомнительного вида пирожков с мясом. Этими образчиками вокзальной кулинарии Майк не стал бы кормить даже бездомных собак. Жаль песиков. Четверо мужиков, однако, купили эти пирожки на закусь в дороге. С ними, Майк был уверен, ничего не случится — судя по их фиолетовым носам, они настолько проспиртованы, что никакая отрава их не возьмет. Стоя рядом с ними, он ощущал крепчайший дух невыветриваемого алкоголя и термоядерных отечественных сигарет.

Подошла электричка. Майк переждал, когда основная масса «курортников» занесет свои пожитки в вагон. Повалив чье-то оцинкованное ведро, будто специально поставленное в проходе и набитое тяпками и совочками, Майк пристроил наконец свой велосипед в тамбуре у стены, поставив его на «дыбы».

— Можно поаккуратней? — прорычал обиженный хозяин сбитого ведра.

Мужику было лет под шестьдесят, и на его мясистом носу сидели большие очки в роговой оправе.

— Можно, но трудно,— усмехнулся Майк и придержал свой транспорт, чтобы тот не грохнулся кому-нибудь на голову.

Напротив него на небольшом рюкзачке примостилась девушка. У нее на коленях — сумка, из которой неожиданно высунулась забавная мордочка таксы. Собака с любопытством рассматривала рассерженного мужика в очках. Подумав, такса тявкнула на мужика разок-другой и снова спряталась в сумку. Девчонка весело рассмеялась.

— Расплодили собак, мать вашу, прохода от них нет... — пробормотал мужик с ненавистью.— Выродки!

Девушка с наивным удивлением покосилась на мужика. Что удивляться, милая! Злобы в людях за годы реформ накопилось достаточно. И все-таки дяденька мог бы вести себя более прилично. По крайней мере, в публичных местах, да еще в присутствии детей.

Поезд тронулся. Майк оставил велосипед у стенки и, сделав шаг, резко сдернул очки с носа мужика.

— Если тебе, мешок с тухлыми костями, не нравится то, что ты видишь каждый день,— сказал ему агент мягко и почти с любезным оскалом,— то я, как окулист-кооператор, бесплатно могу выдавить тебе твои шнифты прямо здесь и сейчас...

Майк водрузил очки на место и, похлопав мужика по дряблой щеке, улыбнулся улыбкой голодного крокодила.

— Подумай, родной, ведь бесплатно...

Мужик, подхватив свои манатки и ни слова не сказав в ответ, ломанулся в забитый народом вагон, гремя железками в своем дурацком ведре. Пожилая пара тихо засмеялась ему вслед. Такса снова высунулась из сумки и победно тявкнула.

10

Майк выгрузился на платформе в Комарово. Первая мысль на свежем воздухе — нужно обязательно купить машину. Агент пролетел по пустынным на этот час улочкам дачного поселка. Народ уже разошелся по домам. Майк нашел нужную улицу, проехал по ней до конца к лесу. Улицы здесь были утрамбованы местным грунтом, немного пыльные, усеянные прошлогодней хвоей. Низкие кустики вереска подступали из леса вплотную к дорогам. Раньше тут можно было, выйдя из дома и не углубляясь в лес, набрать корзину черноголовых боровиков минут за двадцать. А сейчас в окрестных лесах все было вытоптано несметными полчищами городских грибников и ягодников. В тех укромных уголках леса, где по осени после первых заморозков собирали белые грузди и волнушки, папоротники уже полегли под ногами сотен тысяч искателей даров леса.

Майк засек номер дачи. Во дворе за низким заборчиком — две японские иномарки. В этом тихом уголке и снимал дачу Бенгал, если верить его дружкам, что уже пошли на удобрение. Не стоило Бенгалу приезжать сюда. Скоро он в этом убедится.

Майк углубился в лес, ведя велосипед за руль. Нужно бы транспорт припрятать. Найдя старую воронку от авиабомбы, он скрыл в ней велосипед. Было начало двенадцатого, и все еще было светло, солнце пока не скрылось. Темнее будет, но позже. С природой не поспоришь.

Майк собрал «стечкина», навинтил глушитель. Проверил работу затвора, подачу патронов из обоймы в казенник. Удостоверившись, что машинка будет работать четко, положил ее рядом с собой на рюкзачок. Закинув руки за голову, агент лежал, глядя в чистое небо. Хорошо вот так лежать, не думая ни о чем хреновом в этой жизни.

Через час послышалось попискивание таймера. Майк посмотрел на часы. Пора заняться делом.

Покурив, агент затоптал окурок в песок. Достал из рюкзачка тонкие лайковые перчатки. Пошел в поселок, сунув пистолет под куртку. По дороге никого из отдыхающих не встретил. Уже хорошо. В поселке лениво брехали собаки. А вот и нужный дом! Большой, одноэтажный. Кажется, здесь готовили шашлыки. Майк отворил калитку и, пройдя между машин, направился прямо в дом. Один из абреков заметил Майка:

— Эй, парэн! Ты к кому?

— К друзьям,— бросил в ответ Майк, поднимаясь на крыльцо.

Краем глаза он увидел, как абрек, сказав что-то приятелю, быстро пошел к дому. Майк уже был в коридоре. Несколько шагов — и он оказался в большой гостиной, обставленной мягкой удобной мебелью. В комнате — четыре человека расселись по углам, кто в креслах, кто на диване. Все — с круглыми жирными лицами и, конечно же, при золотых цепях, перстнях, браслетах. В общем, как и было положено солидным бандитам от коммерции. Вся четверка смотрела на Майка с недоумением. Вслед за агентом в гостиную влетел парень из сада.

— Я тэбя спрашивал?!. — сказал он было в спину Майку и осекся, ожидая реакции хозяев на это появление. А может, они действительно кого-то приглашали, но забыли предупредить?

В воздухе витал запах дорогого одеколона. Скоро здесь будет пахнуть порохом. У всех четверых в руках — тонкие высокие бокалы с напитком янтарного цвета. Майк посмотрел через плечо на охранника.

— Я же сказал: я друг... Но только, бля, не ваш... — пояснил агент.

Парень соображал туго; нахмурившись, он пытался догнать сказанное. Ударом правой ноги под горло Майк отбросил тупицу к порогу комнаты. В руке агента появился готовый к действию «стечкин». Странно, однако, почему так мало охранников? Или Майк кого-то проглядел?

У одного из кавказцев из руки выпал бокал, но не разбился — пол был застелен пышным импортным паласом. Дальняя стена комнаты была сплошь стеклянной. Широкие раздвижные окна выходили на веранду. Вот как раз со стороны веранды и послышался топот — в дверях появился второй охранник, держа в обеих руках по пучку шампуров с уже готовыми шашлыками. Парень застыл на пороге, уставившись на пистолет в руке Майка. АПСБ плюнул свинцом, и две тяжелые «макаровские» пули продырявили грудь любителю шашлыков. Тот отлетел на веранду, навеки потеряв аппетит. Намерения Майка, кажется, были ясны теперь всем присутствующим. Четверка сидела молча, засунув языки в задницы.

— Кто из вас Бенгал? — спросил Майк.

В ответ — молчание. За спиной, приходя в себя, начал шевелиться первый охранник. Майк резко выбросил руку назад и двумя выстрелами успокоил парня окончательно.

— Говоришь ты! — Агент навел ствол на дальнего от него мужчину, сидевшего в кресле.

Тот нервно сглотнул и икнул.

— Ях-ха... — вырвалось у него из горла с хрипом, но, кашлянув, мужик тут же поправился: — Я хачу скахзат, что здэс Бэнгала нэт!

Майк саркастически хмыкнул.

— Ну и где же он, неуловимый и властвующий? — спросил он.

— Я нэ могу скахзат... — ответил тот.

«Стечкин» клацнул и выплюнул гильзу на пол. На месте носа у хрипуна теперь зияла приличная дыра от пули. Не очень эстетично получилось, но что делать?

— Теперь ты... — Майк навел оружие на следующую жертву, довольно упитанную.

Нервы у пузана не выдержали, и он указал пальцем на господина, сидящего в сером костюме на диване.

— Что ты на это скажешь? — спросил Майк у «костюма».

Тот с ненавистью поглядел на толстяка:

— Я скажу... Этот мраз — сын ишака и сам ишак! И я его маму. И его сэстра...

Толстяк аж прямо подскочил.

— Да я твою... — начал было он.

— Сидеть, сука! — рыкнул на него агент.— А ты заткнись, тварь! — сказал он более спокойно Бенгалу, видя, как оба вздрогнули от окрика.

Забывшие на миг о присутствии Майка, они сразу же о нем вспомнили и снова уставились на срез глушителя. Майк же заметил на маленьком столике цифровой фотоаппарат. Взял его левой рукой и сделал снимок каждого из присутствующих.

— На память... — пояснил им агент.— Один вот только не очень удачно получился...

Вновь «стечкин» в работе. Майк продырявил еще двоих, заслав в каждого по три пули — чтобы уж наверняка.

— Что ты хочешь?! — взвизгнул Бенгал.— Дэнэг?

Агент молча наблюдал за ним, пытаясь про себя решить, как могла эта сволочь залезть в питерские края и как отлично устроилась на карманах и жизнях наших граждан. Когда-то Майку довелось видеть, как выгоняли русских из республик Закавказья, как издевались и насиловали русских женщин, как глумились над безоружными мужчинами...

— Я дам тэбэ дэнэг! — пообещал Бенгал и быстро достал из-под дивана кейс.

Майк ему не мешал. Зачем? Даже если в кейсе было оружие, что ж — пусть мразь попробует им воспользоваться. Бросив кейс на диван рядом с собой, Бенгал снова посмотрел на Майка.

— Мне нужен не ты... — тихо пояснил агент.— Мне нужны те люди. Твои люди. Те, кто исполняет...

Агент говорил правду. Он должен был знать киллеров, а Бенгал уже действительно был не нужен, раз здесь находился... На смуглом лице Бенгала появилось подобие улыбки.

— Э-э... Что тэбэ до тэх ишаков!

— Они мне нужны, Бенгал... — настаивал Майк, не повышая голоса.

Даже к своим людям этот подонок относился по-скотски. Человечество у него делилось на «богатых и знатных» и рабов.

— Эсли тэбэ нужны эти бараны, я скажу тэбэ... — охотно согласился Бенгал.— Почему нэ сказат хорошему человэку, эсли он просит... Я же вижу, ты настояший джигыт!

— Говори, Бенгал,— тихо подбодрил его Майк.

И Бенгал заговорил.

Теперь Майк знал еще два места, где можно было найти его боевиков. Бенгал же между тем пытался заинтересовать Майка, обещая ему очень большие деньги, и эти монеты он был готов с превеликим удовольствием отдать агенту, как лучшему из лучших, и так далее, и тому подобное... лишь бы Майк отпустил его целым и невредимым. С усмешкой агент следил за волосатыми лапами, суетливо мечущимися по крышке кейса, пытаясь нащупать замки. Бенгал что-то невнятно бормотал и вдруг, резко выдернув из кейса руку, нацелил на Майка ПМ.

Шаг вправо — и агент ушел с линии огня. «Стечкин» его пока молчал, а Бенгал безуспешно давил на курок. Хрен там! Он, придурок, забыл снять пистолет с предохранителя.

Майк дал ему время исправить ошибку. Агент сделал шаг влево и, не сводя глаз со ствола «макарова», резко присел... Бах! Бах! Бах! Три выстрела подряд. Майк перекатом ушел влево и, мгновенно поднявшись, отскочил в сторону вправо. Две пули тут же продырявили спинку дивана. Пируэт, прыжок в сторону двери. Агент бросился на пол. Прогремели два последние выстрела. Майк спокойно поднялся и с улыбкой посмотрел на Бенгала. Тот стоял около дивана, стискивая обеими руками свой, теперь уже бесполезный, ПМ. Ствольная коробка ушла в крайнее заднее положение. Значит, девятого патрона в стволе не было. Тем лучше. Майк дал зверьку шанс, и тот не сумел его реализовать. Бенгал, опуская ствол, посмотрел на Майка с недоумением и воскликнул:

— Шайтан!

Теперь был ход Майка. Он резко присел и выстрелил снизу вверх, чтобы шальные пули не залетели в соседние дома. «Стечкин» клацнул, и бесшумная серия разнесла череп Бенгалу вдребезги. От ударивших по окнам пуль полопались окна на веранде.

Пора было уходить. Шума в доме было достаточно. Майк забрал кейс и вышел на улицу, надвинув козырек бейсболки на глаза.

Тишина... Соседи, похоже, ничего не слышали. Деревянные стены дома приглушили звуки выстрелов. Майк добрался до своего велосипеда и объехал поселок по краю. Деньги агент положил в рюкзак, а кейс выкинул. Нужно было уйти от поселка как можно дальше. Выезжать на трассу Майк не рисковал — по асфальтированной дороге через лес он подрулил в сторону Щучьего озера. Велосипед придется бросить, ибо средства от собак у агента не было. Он поискал на кухонных полках хотя бы пакетик красного или черного перца, но так ничего и не нашел. Если на место приведут кинолога, то собака по следам притащит ментов к воронке, где агент и прятал велосипед. Значит, от него нужно избавиться. Потом Майк купит полковнику новый. Он проехал Щучье озеро с правой стороны и миновал спящую турбазу. Вдоль берега были видны разноцветные палатки. Майк забрал дальше вправо и по дороге, ведущей в сторону Большого Симагинского озера, углубился в лес. Ночью, особенно белой ночью, ехать по лесной дороге одно удовольствие. Жаль только, что она вдрызг разбита.

Еще мистер Черчилль высказал в свое время интересную мысль: «В России нет дорог – есть направления...» Ничего с тех пор не изменилось. Через полчаса Майк пересек трассу на Первомайское и спустился к озеру. Выбрав местечко поудобнее (подальше от каких бы то ни было туристов), он разобрал велосипед. В первую очередь разрезал покрышки и забросил их как можно дальше от берега. Потом в озеро полетели колеса и рама. Немного подумав, Майк решил пока оставить пистолет у себя. Дело еще не закончено. Из еловых лап в песчаной воронке он устроил себе номер пятизвездочного отеля. Нужно немного подремать.

11

Поспал Майк неплохо. Проснулся в восемь утра. Поднялся, осмотрел окрестности. Все было спокойно. Он ушел глубже в лес и, найдя ручеек, привел себя в порядок — тщательно умылся и побрился электрической дорожной бритвой. Побрызгав себя одеколоном, стащил спортивную одежду и зарыл ее в песок. Теперь у Майка был вид вполне мирного дачника, проведшего ночь в собственном доме и с утра собирающегося в город.

Агент вышел к автобусной остановке. В рюкзачке у него было теперь сто пятьдесят тысяч долларов и ни цента меньше. Везет же некоторым... Правда, был в наличии и «грязный» ствол, но оружие необходимо, а доставать другое не было времени.

Автобусом Майк добрался до Зеленогорска на железнодорожный вокзал, где взял машину частного извозчика и поехал в Сестрорецк. Оттуда на маршрутном такси вернулся в Питер. Первым же делом отправился по нужному адресу. Это было в Купчино. Агент нашел девятиэтажный дом сто тридцать седьмой серии и поднялся на седьмой этаж. Розовая кнопка звонка. Майк нажал ее и тут же смазал с кнопки отпечаток своего пальца.

— Кто? — раздался за дверью голос с характерным акцентом.

— Легавые... — пошутил Майк, глядя в затемненный глазок.

Послышалось нечленораздельное бурчание, и дверь открылась.

— Тэбэ кого? — спросил кавказец с помятой после пьянки мордой.

— Тебя и остальных, соответственно... — усмехнулся Майк.— Ну, что? Так и будем через порог тереть? — уже зло спросил Майк.

— Ну, заходы... — удивленно сказал тот, пропуская Майка в коридор.

Агент кинул взгляд на кухню — никого. Прошел в большую комнату.

— Э!.. Слюшай! Ты к кому, парэн? — продолжал удивляться зверек.

Не отвечая, Майк вошел в комнату. За столом еще двое пили чай. Агент поставил рюкзачок на стол. Абреки смотрели на Майка с удивлением.

— Привет, орлы! — поздоровался с ними агент и обернулся к открывшему ему дверь.— Я от Бенгала... Давай собирай остальных. Будете премию получать.

Не дожидаясь ответа, Майк начал вытаскивать из рюкзака увесистые пачки долларов. Майк, конечно, здорово рисковал — возможно, они уже знали об убийстве шефа, но фактор неожиданности и куча денег, подтверждавшая добрые намерения Майка, должны были сработать. Зверек, стоявший за спиной агента, удивленно крякнул и уже весело сказал:

— Вот это гост! Какой гост с утра!

Сидевшие за столом при виде такого количества баксов зацокали языками, и их напряженность улетучилась прямо на глазах. Значит, они точно не были в курсе относительно происшедшего в Комарово. Зверек пошел звать остальных.

— Премия большая. Никто не будет в обиде,— улыбаясь, сказал Майк сидящим за столом.

Те завороженно смотрели на кучу долларов. Из других комнат подтянулись остальные. Всего их было семеро.

— Все в сборе? — спросил агент парня, который открыл ему дверь. Тот кивнул.

Майк показал рукой на большой диван:

— Давайте туда. И строго по списку...

Абреки послушно устроились на диване, даже двое из-за стола пересели туда. Ну, прямо детский сад, а не бандиты.

— Сейчас огласим список,— строго сказал Майк и снова полез в рюкзак.

На свет появился «стечкин». Длинной очередью Майк начисто выкосил зверьков. Он положил пачки баксов обратно в рюкзак и осмотрел квартиру. После тщательного обыска нашел оружие. Несколько «акээмов», три «макара» с глушителями, несколько гранат Ф-1 с запалами, две «беретты» и один Глок-18 с глушителем. Плюс куча обойм ко всем стволам. Приготовились парни неслабо. Майк взял себе только «глок» — с него почти не была снята смазка, один ПБМ и обоймы к оружию.

Меняя частников, Майк добрался до Озерков. Только он успел спрятать стволы и деньги, как зазвонил телефон.

— Капитан Егоров. Здравствуйте.— У капитана был сухой официальный голос.

Легок на помине! Только что агент о нем вспоминал!

— Чем могу?

— Я звонил поздно вечером... — говорил он все так же сухо.

— Возможно,— Майк не опровергал его версию.— Но я в то время, видимо, крепко спал...

— Да, конечно же... — быстро согласился полицейский.— Вы днем не заняты? Я бы хотел где-нибудь с вами встретиться и переговорить.

— Давайте в три. Только место назовите сами.

Кэп объяснил, где им будет удобнее встретиться. Майк положил трубку. У него была еще парочка адресов, по которым он был намерен прокатиться, но сделать это можно будет только вечером. Хотелось бы всех клиентов застать дома, чтобы сегодня с командой Бенгала и покончить. До встречи с капитаном оставалось минут сорок. Много времени у Майка ушло на дорогу, но не это главное. Он с этим Бенгалом слишком отвлекся от основной задачи. Впрочем, жалеть было не о чем. Почистил слегка город, а заодно поправил свое финансовое положение, не залезая к государству в карман. А так бы пришлось обращаться к своим...

Пора собираться да потихоньку подтягиваться к месту встречи с полицейским. А может, кэп решил устроить Майку ловушку? Ну не хочет он, допустим, брать агента в доме Ольги, боясь, что она в этот момент окажется здесь в роли заложницы? Возможен и такой вариант, исключать его не стоило, но оружие на встречу Майк не взял — шмалять по солдатам у агента желания не было, а уйти он все равно сумеет, как бы там полицейские ни старались.

12

Майк добрался до кафешки на проспекте Просвещения, где была назначена встреча. Публики в зале почти не было, и капитан еще не появился. На первый взгляд, все вокруг было спокойно, но засаду сразу не обнаружишь. Такое только в кино бывает. Майк заказал себе салат из свежих овощей, закурил. Настроение у агента было великолепное, и, если честно, он предпочел бы сейчас как следует отдохнуть, а не заниматься делами. Что его сорвало на лирику? Может, стареет? Все-таки за тридцатник перевалило, и чего только уже ни повидал в этой жизни и где только ни побывал! Впрочем, есть места, где и не был. Майк задумался и размечтался. Но вот приперся кэп, и мечты Майка о путешествиях спустились в сортир... Тем более что капитан был в форме.

— Добрый день,— сказал кэп, протягивая руку.

Майк пожал ее, привстав со стула, и показал милиционеру на место рядом с собой.

— Добрый день. Присаживайтесь...

У капитана был усталый вид, но глаза как-то странно поблескивали.

— Вечером вы, наверное, захотите съездить к своим знакомым? — перешел он к делу и показал Майку бумажку с известными адресами.

Тот действительно туда собирался, чтобы добить команду Бенгала.

— Все может быть... — уклончиво ответил Майк.

— Не стоит... — усмехнувшись, сказал милиционер и закурил сигарету.— Ваня уже прокатился по разным местам. Многие бенгаловские ресторанчики и кафе сегодня просто не открылись. Даже некоторых оптовиков не видно в городе.

— Кто такой Ваня? — спросил Майк.

— Это тот старлей, участковый, с которым я приходил к вам домой. Он мой друг,— пояснил кэп.— После убийства Бенгала... — он сделал паузу, строго посмотрев на Майка, но в его глазах плясали чертики.— В общем, драпанули его орлы из города. Даже коммерсанты, которым он обеспечивал «крышу», уехали, хоть вы их и не трогали.

Майк никак не прореагировал на эти слова. Он жестом подозвал официантку:

— Принесите, пожалуйста, кофе и еще один мясной салат. И два раза по пятьдесят самого хорошего коньяка, какой у вас есть.

Официантка записала и ушла.

— Я на службе,— пробовал отказаться кэп.

— Не принимается, капитан,— смеялся Майк.— За победу не грех...

Полицейский пристально посмотрел на Майка и усмехнулся.

— А!..— махнул он рукой и пододвинулся к столику.— Где наша не пропадала!

Пока он расправлялся с салатом, Майк раскладывал перед ним снимки, сделанные на даче Бенгала.

— Это он? — спросил Майк капитана, показывая на человека в сером.

Кэп взял в руки фотки и рассмотрел их.

— Да,— подтвердил он.— Ну, мне пора.

Майк поднялся вместе с ним. Капитан протянул руку.

— Меня вообще Евгением зовут.

Майк пожал его ладонь.

— Теперь вы чем займетесь? — спросил капитан, хитро посмотрев Майку в глаза.

Тот улыбнулся:

— Жизнь покажет.

Евгений надел фуражку.

— Звони, если что... — бросил он Майку напоследок и вышел на улицу.

Агент проводил его долгим взглядом.

* * *

После встречи с ментом Майк решил прогуляться до метро. Погода была прекрасная. Уже на подходе к станции была заметна толкучка у лотков и киосков. Как и все прочие граждане, Майк поглазел на выставленные за стеклами товары и не спеша, дымя сигаретой, пробирался в общей народной давке среди представителей развитого спекулятизма. До другого «изма» страна пока еще не докатилась. Всегда почему-то катились к какому-то «изму», но почему-то оказывалось, что избранный «изм» — самый хреновый из всех возможных.

Купив мороженое, Майк подошел к столику, за которым вдохновенно обдирала народ команда бывших наперсточников, переквалифицировавшаяся в не менее подозрительных лотерейщиков. Как раз возник спор, кто из игроков, вложивших деньги, должен добавить, чтобы наконец выиграть. В спор между тремя «ослами» включились подставные лица, которые по отработанному сценарию должны были задавить глупых клиентов деньгами. Вариант, как в наперстках,— беспроигрышный. Майк с интересом наблюдал, как кто-то еще мог ловиться на такую откровенную обдираловку. А страсти меж тем накалялись.

— Но вы же сказали, что по времени уже никто не может войти в игру! — подала голос одна из «жертв».

Мужик, похоже, догадался, что плакали его денежки.

— Я вам все объяснила,— натянуто улыбнулась ему блондинка, банкующая за столом.— По правилам нашей лотереи за истекающее время в игру может или могут вступить еще несколько желающих. Правила вот!..— она ткнула пальцем в столик, где под клеенкой были распиханы бумажки с каким-то текстом.— За то время, что вам дается на обдумывание, может ведь никто и не подойти. К тому же вступающие должны вносить больше, чем вы, значит, и рискуют они сильнее!..

Майку было смешно. «Лохи» нервно теребили в руках свои карточки. Интересный психологический феномен. Страну на протяжении восьмидесяти лет гипнотизировали, обещая рай земной до скончания веков... рая как не было, так и нет, но граждане по привычке отдают жуликам последние деньги, веря, что эти добрые дяди и тети помогут им в короткий срок стать богатыми и никогда больше не болеть.

— Когда же мы все-таки начнем розыгрыш? — нервно спросила еще одна «овца», отданная на заклание.

— Сначала свое слово должны сказать те, кто вступил в игру после вас,— непререкаемо заявила блондинка.

Третий «баран» стоял рядом с Майком и грустно взирал на карточки в своих руках. Похоже, деньги у него закончились, и он смирился с мыслью, что проиграл все. Его лицо показалось агенту знакомым.

— Как дела? — спросил Майк бедолагу.

Мужчина посмотрел куда-то в сторону и вздохнул:

— Опять обманули...

Блондинка отреагировала мгновенно, как и учили:

— Никто вас не обманывает! И не оскорбляйте тут!

Рядом с ней переминался с ноги на ногу хилого вида паренек в очках, разумеется, такой же подставной, как и женщины разного возраста, позднее вступившие в игру. А заведовали этим «предприятием» те шестеро, что крутились неподалеку и зорко следили за всем, что происходит у стола.

— Да я уже вижу, что проиграл... — сказал мужчина, и вдруг Майк вспомнил его.

— Как вы можете видеть, если еще не открывали карточки? — лицемерно возмутилась блондинка.

Она так вошла в образ, что уже сама верила в то, что у мужика был шанс.

— Ты займись-ка своим делом, коза, и не верещи... — неожиданно для себя встрял Майк в «разводку».

Не нравилось ему, с какой наглостью всякая тварь выманивала у людей деньги, вовлекая в якобы «честную» игру.

— А вы... — начала она.

— Заткнись,— тихо сказал Майк и, повернувшись к мужчине, протянул ему руку: — Афанасий Сергеевич, здравствуйте!

13

Афанасий Сергеевич узнал Майка и расплылся в улыбке, забыв о постигшей его неудаче.

— Какая встреча! — обрадовался бывший сосед по дому, бросая карточки на стол.— Сколько же времени мы с вами не виделись! Бог мой, как летят годы...

Майк и его родители были когда-то соседями Афанасия Сергеевича по лестничной площадке, и он занимал тогда должность доцента исторического факультета. Он часто рассказывал Майку о своей работе в архивах, в которой видел единственный смысл своего существования.

— Молодой человек! — кто-то дернул Майка за рукав пиджака.

Агент обернулся. Перед ним стоял стриженый крепыш с мордой дегенерата и носом, смотрящим на четыре часа.

— Тебе чего, дедушка? — благодушно спросил Майк, выбрасывая в урну обертку от мороженого.

Крепыш подступил вплотную — от него разило дешевым пивом.

— Шел бы ты отсюда,— прошипел он, не отпуская рукав Майка.

— Освободи материю, беспризорник,— посоветовал ему агент.

— Не связывайтесь вы с ним, Майк! Давайте лучше уйдем отсюда...— сказал Афанасий Сергеевич.

— Ну ты побазарь еще!..— продолжал шипеть крепыш.

Майк и сам уже завелся, но внешне оставался спокойным и даже улыбался.

— Ладно, считай, что у тебя сегодня черный день. Давай зови своих доходяг. Прогуляемся вместе... — предложил Майк.

Крепыш недобро ощерился и наконец отпустил рукав Майка.

— Счас погуляем... — обернулся он и многозначительно кивнул своим дружкам.

— Майк... — начал было Афанасий Сергеевич, но агент его перебил:

— Вы пока идите к метро и подождите меня в вестибюле. Я быстро.

— А может...

Майк не дал ему договорить:

— Послушайте меня. Так будет лучше.

Историк смотрел с недоумением. Майк же пошел следом за крепышом, провожаемый ехидными улыбочками блондинки и очкарика. Не прошли и двадцати метров, как агента окружили все шестеро.

Майк с улыбкой обратился к ним:

— Ну что, мозговые импотенты, заскучали без развлечений?

Майк видел, что парни были готовы разорвать его на куски.

— Идем... — бросил кто-то из них и потопал вперед.

Через минуту они оказались на заднем дворе какого-то магазинчика, огороженного высоким забором. Вдоль стены были понаставлены пустые ящики и поддоны, но посередине свободного места хватило бы, чтобы порезвиться. Парни взяли Майка в кольцо.

— Ты че борзый такой? — спросил один, не спешивший начать махалово, вероятно, боясь конфликта с чужой бригадой, представителем которой мог быть агент.

— Уж такой уродился,— ухмыльнулся Майк.

— Ты с кем работаешь?

— Я — Майк. Запомни это. И вы, вислоухие, запомните...

Договорился с ними Майк меньше чем за две минуты. Ребятки лежали на земле в причудливых позах, и ни один из них не шевелился. В себя они придут не скоро, и процесс этот для них будет весьма болезненным, а двоим, скорее всего, придется обратиться к хирургу.

Агент вернулся к столику лотерейной барышни. «Баранов» уже «раздели». Блондинка, испуганно озираясь, искала глазами своих защитников.

— Будут жить... наверное... — сообщил ей Майк, мило улыбаясь.— Но полечиться все-таки придется.

Блондинка смотрела на него с ужасом. У очкарика отвисла челюсть. Не исключено, что он уже наложил в штаны.

— Закрой пасть, придурок, живот простудишь,— посоветовал ему Майк.— А теперь, сучка, гони лавэ, что забрала у народа...

Блондинка дрожащими руками вытащила из-под стола коробочку. В ней были деньги. Майк забрал весь выигрыш и пошел к метро. Афанасий Сергеевич нервно ходил по вестибюлю. Увидев Майка, он радостно поспешил навстречу.

— Майк! Я так за вас волновался! Вы даже не представляете. Еще несколько минут, и я бы обязательно пошел в милицию!

— Все нормально, Афанасий Сергеевич,— рассмеялся Майк.— Ваши карточки выиграли... Просто удивительно, как бывает... — Майк запихнул в карман его пиджака пачку денег.

— В самом деле?! — изумился Афанасий Сергеевич, не веря своему счастью, но тут же нахмурился: — Скажите честно, ведь каким-то образом вы заставили их отдать мне эти деньги?

Какая наивность!

— Просто мы выяснили, кто есть кто, а ваши карточки действительно выиграли, только вы бы об этом никогда не узнали... — Майк подумал: а почему бы карточкам Афанасия Сергеевича действительно не выиграть!

— Правда?! Значит, вы с ними знакомы? Удивительно! — восхищался историк.— Мне никогда не везло в подобного родах предприятиях. Вот и сейчас по глупости проиграл все, что скопил на черный день... Спасибо вам!..

— Не за что! — Майк обнял его за плечи и повел к эскалатору.

14

Часа полтора Майк просидел с Афанасием Сергеевичем в уютном ресторанчике недалеко от центра города, слушая историю жизни ученого за последние десятилетия. Афанасию Сергеевичу нужно было выговориться. Насколько Майк его помнил, тот жил всегда один и все его знакомые были такие же, как и он,— не от мира сего. Жена сбежала от Афанасия Сергеевича через год после свадьбы. В доме у них ощущалась постоянная нехватка денег, а историк отдавал все свои силы изучению прошлого, тогда как его жена, женщина простая, хотела жить настоящим. Ее, конечно же, тоже можно было понять. Майк бы селил ученых, подобных Афанасию Сергеевичу, в специальные городки, где бы за ними следили и обеспечивали им нормальные бытовые условия.

— А потом я переехал сюда... — продолжал Афанасий Сергеевич.— Мы уже больше двух лет занимаемся архивами ВЧК,— рассказывал он,— с документами, относящимися к периоду становления Советского государства. Это такой ужас... Впрочем, органы на протяжении всего своего существования проявляли удивительную и нечеловеческую жестокость, на которую не были способны даже инквизиторы или фашистское гестапо...

— Могу себе представить... — согласился Майк.— А сколько же вы теперь получаете за свою работу, Афанасий Сергеевич?

— Гм... По-моему, где-то в районе... или, вернее, в эквиваленте ста долларов...

— Вы что, не знаете точно, сколько вам платят за ваш труд? — удивился Майк.

— Ну, как вам сказать? Ведь нашу работу оплачивает государство, а вы же сами знаете, какие трудности теперь с финансированием дотационных учреждений, подобных нашему институту. Но мы перебиваемся потихоньку, Майк, перебиваемся.

Агент посмотрел на ветхий пиджачок историка, его древнюю рубашку из плотной фланели не по сезону с вытертым от бесконечных стирок воротником. Выцветший галстук, который носил, наверное, еще его отец. Да, к истории у нас уважения нет, ну а коли так, то о людях, ею занимающихся, и заботиться нечего.

— Есть в нашем институте группа, которая занимается родословными так называемых новых русских. Вот эти ученые, насколько я слышал, зарабатывают очень даже неплохо,— рассмеялся историк и тут же стал серьезным.— Хотя к науке это не имеет никакого отношения. Там сплошная подтасовка... Сейчас, как и когда-то, многие хотят быть графами, князьями. В крайнем случае, купцами, но только достаточно известными. Ну вот и находят желающим благородных предков. Разумеется, за деньги. За очень большие деньги.

Афанасий Сергеевич с отвращением махнул рукой, как бы отметая эту непристойную по его понятиям тему.

— Да что я все о пустяках! — воскликнул историк.— Вы-то как, Майк? Где вы сейчас? Как устроились в этой новой безумной жизни?

Майк пожал плечами:

— Потихоньку, Афанасий Сергеевич. Долго рассказывать, да и неинтересно это, поверьте...

Архивист кивнул:

— Хорошо. Это ваше право. Ну а живете-то где сейчас? Надеюсь, в Ленинграде? Простите, я по привычке... Конечно же, в Санкт-Петербурге. Я все, знаете ли, как-то по старинке... Рассеян немного стал... Да-а.... Летит время... Все меняется...

Афанасий Сергеевич задумался, и Майк видел по его глазам, что историк снова был где-то в прошлом. Он почти не притронулся к еде.

— Как вы себя чувствуете, Афанасий Сергеевич?

— А? ... А-а... спасибо. Все хорошо. Бог милует,— Афанасий Сергеевич вернулся в настоящее.— Я, знаете ли, зарядку по утрам делаю, обливаюсь холодной водой. Вошло это у меня както в привычку. И, поверьте, очень даже помогает,— он рассмеялся.— Я за последние три года не болел даже гриппом.

— Отлично! — удивился агент.— Да вы просто молодчина, Афанасий Сергеевич.

— Спасибо, Майк, спасибо,— кивнул историк.— Я тогда переживал за вас... Да... Эта нелепая катастрофа... Ваши родители... Мы ведь были с ними большими друзьями. Знаете, я каждый раз, у меня есть фотография, вспоминаю... А вы-то как?

— Меня долго не было в городе...

— Да-да, я понимаю,— быстро согласился с Майком историк.— Живым труднее, чем... — он замолк, затем снова вскинулся: — Да я ведь вам могу предложить... — Афанасий Сергеевич начал рыться в карманах.— Ну вот... Надо же... — хмурился он, не в силах найти то, что искал.— А! Вот! Вы можете пользоваться квартирой... — сказал он, вытаскивая связку ключей.— У меня ведь, как у буржуя, две квартиры... Одна осталась у отца, здесь, в центре. Я ею не пользуюсь, ибо невозможно жить сразу в двух местах, да и шумно там. На улицах всегда столько народа! — засмеялся он и протянул Майку ключи.— Вот, возьмите, я уверен, что они вам могут пригодиться. Да и мне легче будет... — он торопился высказаться, видя, что Майк не решался.— Я хоть на квартплате сэкономлю, а то она выросла в последнее время...

— Но ведь вы же могли бы одну квартиру продать? — удивился агент.— Или хотя бы сдавать ее...

— Пустое! — отмахнулся он.— Мне говорили об этом сослуживцы, но многие, кстати, и не советовали это делать. Вы же знаете, какие теперь нравы... Там, где появляются большие деньги, отсутствует всякое понятие о порядочности. А просто потерять квартиру, чтобы она досталась какому-либо авантюристу... Я не могу этим заниматься, у меня не получится. Да и не хочу.

Майк взял ключи:

— Спасибо, Афанасий Сергеевич. У меня действительно пока сложности с жильем...

— Вот и прекрасно! — обрадованно воскликнул историк.— То есть я не то хотел сказать...

— Да все понятно! — рассмеялся агент.

— То, что у вас сложности, это на самом деле грустно, но я рад, что могу вам хоть чем-то помочь. Ведь я вас знаю еще вот с таких лет... — он указал рукой куда-то под стол.— Ваш отец был удивительным человеком! А ваша мама — сущий ангел во плоти! — он погрустнел.— Да будет им земля пухом...

Внезапно Афанасий Сергеевич поменял тему разговора и начал рассказывать о своей работе над новыми материалами, которые он считал удивительно интересными. Он говорил, что их обнародование станет сенсацией и может вывести человечество на новый виток развития. Он так и сказал: ни больше ни меньше — человечество! Майк, конечно же, оказался не на шутку заинтригован и спрашивал, о чем, собственно, шла речь, но историк решительно отказывался удовлетворить его любопытство:

— Погодите, Майк, сначала надо все изучить досконально, и вот тогда...

Майк отправил Афанасия Сергеевича домой на такси, пообещав, что в свободное время обязательно его навестит.

15

Майк решил осмотреть свое новое жилище. Место было отличное — на Малой Садовой, между Невским и Итальянской. Отец Афанасия Сергеевича бал академиком. Квартира огромная — пять комнат, просторная кухня с черным ходом, коридор, широкий, как взлетная полоса Пулковского аэродрома. Что ни говори, а появление ее — приятная неожиданность. Старинная резная мебель, кожаные кресла, заботливо зачехленные. Двери спальни, кабинет. В общем, лучшего и не пожелаешь. Разве что немного не хватает современной бытовой техники.

Вечером Майк поехал в Озерки. Полковник выписался из больницы, и втроем, сделав праздничный стол, они просидели до начала четвертого утра. Когда они вышли в сад покурить, Майк вкратце объяснил ситуацию, умолчав о том, сколько ему пришлось положить боевиков и других приближенных Бенгала. Он был уверен, что полковник и сам догадался, что без трупов не обошлось. Агент, конечно, извинился за потерю велосипеда. Владимир Андреевич, смеясь, отметил, что уж лучше нести потери в боевой технике, чем живой силе. Личный состав следует беречь. Полковник два года отвоевал в Афганистане и, конечно, догадался, что его велосипед «ушел» в ходе разборок с бандой Бенгала.

— Мне говорили, что сейчас все фирмы имеют какие-то «крыши»,— сказал Майк без особой придури.

— Ну, это так и есть,— согласился полковник.— Но я честно плачу государству налоги и не собираюсь кормить жуликов.

Майк с сомнением посмотрел на него:

— В таком случае вам, Владимир Андреевич, придется отбиваться от всех подряд.

— Вы думаете? — изумился полковник.— Но ведь бандиты в своей среде уже знают, что Бенгал это пробовал и ничего у него не получилось.

Майку стало и грустно, и смешно от такой наивности.

— Владимир Андреевич, дорогой! Если разгром банды Бенгала, не дай бог, свяжут с вашей фирмочкой... — Майк развел руками,— никто вам уже не будет в состоянии помочь.

Подумав, полковник согласился.

— Ты прав, Майк,— произнес он, глубоко затянувшись сигаретой.— Значит, если завел свое дело, нужно обязательно иметь «крышу», иначе не получается... — размышлял он вслух.— Ну и времечко.

Полковник ушел подремать перед работой, а Майк с Олей еще поговорили о планах девушки на будущее. Та больше не хотела работать официанткой. Майк спросил, почему бы ей не пойти учиться дальше. Оля заявила, что не желает садиться отцу на шею и хочет иметь свои деньги, а совмещать работу с учебой довольно трудно. К тому же, чтобы овладеть в наше время перспективной специальностью, нужно выложить за учебу большие деньги — а в их семье таких денег не было. Майк не стал предлагать Ольге деньги — был уверен, что она их не возьмет. Хотя девушке всего двадцать лет, у нее уже сформировались свои взгляды на жизнь и она предпочитала быть независимой.

Так ничего и не решив, отправились спать. Оля постелила Майку в одной из комнат и, коснувшись губами его щеки, пожелала спокойной ночи и ушла к себе.

* * *

Майк проснулся около часа дня. Он слышал, как на кухне Ольга гремела посудой. Майка разбудило солнце, оно добралось до его подушки и било теплыми лучами прямо в глаза.

На сегодня у агента были свои планы. Он быстро выбрался из постели, слегка размялся, прокрутив боевой комплекс тай-дзи-цуаня, принял душ. Через пятнадцать минут он появился на кухне свежий, чисто выбритый и всем на свете довольный.

— Привет! — улыбнулась ему Оля.

— Салют! — рассмеялся Майк и, подхватив девушку за талию, приподнял ее к потолку.

— Уронишь ведь, медведь! — захохотала она, пытаясь одернуть короткий халатик.

— Ни в коем случае,— заверил ее Майк, бережно опуская на пол.

Оля встала тоже недавно, и теперь невозможно было понять, что сейчас — поздний завтрак или ранний обед. За столом она болтала о всякой чепухе, и Майк слушал ее вполуха, обдумывая варианты своих сегодняшних действий в городе. Увы, на время было необходимо забыть об этих милых людях — Оле и ее отце. Задача у него была серьезная, и ставить их под удар он был не намерен. Те, кто им угрожал, были уничтожены, но одному Богу было известно, что ждало агента впереди.

— Ма-айк! — позвала Ольга.— Ты где? В облаках витаешь?

— Я здесь, Оля, здесь,— кивнул агент.— Извини. Отвлекся.

Оля приготовила им кофе.

— Оля... — осторожно начал Майк, не зная, как она отреагирует на его сообщение.— Я сегодня уезжаю.

Девушка с кофейником села на табуретку и напряженно посмотрела Майку в глаза.

— Так надо,— продолжал агент.— Какое-то время меня не будет в городе. Но я... я не хочу тебя терять. Ты можешь сделать так, как я тебя попрошу?

Оля кивнула. Это было приятно. Если девушка соглашается выполнить просьбу, еще не зная, в чем эта просьба заключается, значит, она вам верит.

— Я оставлю деньги,— объяснил Майк.— Ты предложи их, пожалуйста, отцу, пусть он откроет мойку автомобилей. Скажем так, я вкладываю деньги в его дело и беру тебя в компаньоны. Но я хотел бы, чтобы именно ты управляла нашими делами. На те деньги, которые ты будешь получать, вполне можно будет учиться. Откройте не одну мойку, а несколько. Это уже становится престижным бизнесом. В общем, на ваше усмотрение.

— А как же ты, Майк? — озабоченно спросила она.— Тебя долго не будет? Это опасно?

— А что сейчас неопасно, Оль? — рассмеялся агент.— Дорогу переходить, и то чревато...

Оля грустно кивнула:

— Ты хоть позванивай.

— Обязательно. Тем более что на первых порах вам ведь все равно будет нужна помощь.

— Значит, ты не уезжаешь? — обрадовалась она.

— Пока не увижу, что вас можно оставить одних,— рассмеялся Майк.— Но видеться, возможно, не будем...

— Ты, наверное, женат, Майк? — спросила Оля ни с того ни с сего.

Майк не мог понять ее логики — у них друг перед другом никаких обязательств вроде бы не было. Но женщин и не надо стараться понять — так будет спокойнее.

— Глупости. Я бы сказал, неужели это непонятно?

Оля явно раскаивалась, что задала этот вопрос.

Майк оставил ей сорок пять тысяч долларов. Девчонка чуть мимо стула не села, увидев на кухонном столе такую кучу денег, но, помня о разговоре, возражать не стала. Майк забрал сумку с оружием и оставшимися деньгами.

— Да, Оль. Купи, пожалуйста, отцу велосипед. Скажи, что это от меня. И обязательно обзаведись собственной машиной, чтобы на трамвае не мотаться.

Девушка стояла на пороге кухни, опустив голову.

— Оль! — рассмеялся агент.— Не нужно меня провожать с таким видом! Я ведь не насовсем уезжаю. Просто некоторое время буду занят другими делами. Идет?

Она кивнула, пытаясь улыбнуться. Получилось это у нее неважно. Майк подошел к ней и, нежно обняв, поцеловал в губы. Они замерли на целую вечность. Он нашел в себе силы оторваться от девушки и быстро вышел на улицу.

16

Так, все. Хватит лирики, пора заниматься делом, а иначе на кой черт, спрашивается, Майк прикатил в этот город?

Что теперь по плану? Прежде всего нужно отвезти деньги и оружие в новую берлогу агента. А оттуда можно плясать по-новой. Оставив трофеи на квартире Афанасия Сергеевича, агент выбрался в город. Сегодня он наметил посетить казино, и не потому что ему стало некуда девать деньги. Так надо.

Агент остановил такси и назвал адрес казино, которое, по его мнению, наиболее подходило для выполнения поставленной задачи. Свернув с набережной, выехали на пустынную улицу и покатили в глубь микрорайона. Майк вспомнил, что у него закончились сигареты. Он попросил водилу остановиться у ларька. Как ни странно, но даже в таком глухом углу у торговой точки была небольшая очередь. Два алкаша покупали водку и пытались вызнать у продавца, не отравой ли тот торгует. Конечно, отравой, да только так он вам об этом и сказал! Майк терпеливо ждал, когда закончатся экспертные прения. Напротив ларька затормозил большой «гранд чероки». Из машины вырулился квадратный крепыш, который, не обращая внимания пусть и на маленькую, но все-таки очередь, раздвинув мужиков, сунул в окошечко деньги.

— Два «Парламента»! Легких! — Мужики безмолвно посторонились, но лично Майку поведение парня не понравилось.

— Ты бы сначала поинтересовался, зачем мы тут стоим, да спросил бы, можно ли без очереди,— спокойно, с легкой издевкой в голосе сказал крепышу Майк.

Коротко стриженная голова, чем-то похожая на футбольный мячик с ушами, повернулась в сторону агента, и сонные свиные глазки выразили мимолетное недоумение.

— Стой, куда воткнули,— бросил парень и снова посмотрел в окошко, где ему отсчитывали сдачу с крупной купюры.

Алкаши, почуяв, что намечается крупная мясорубка, отвалили от греха подальше.

— А куда бы ты сам хотел воткнуться? — обратился Майк к затылку бойца.

Крепыш запихнул сигареты и сдачу в карман легкой спортивной куртки и посмотрел на Майка уже с нескрываемым раздражением.

— Че тебе надо? — проговорил он с угрозой в голосе.

— Я же тебе сказал, тупорылый, хочу тебя куда-нибудь воткнуть. Но ты пока не соизволил выбрать место,— терпеливо пояснил Майк.

Парень, усмехнувшись, сделал вид, что отвернулся, и вдруг резко вскинул руку в прямом ударе. И сразу же добавил левой... Мартышкин труд. Мгновенно уйдя вниз, Майк пяткой ладони потревожил пах парнишки. Тот, хрюкнув, согнулся пополам и повалился на асфальт.

От джипа к Майку уже летел второй крепыш с бейсбольной битой в руках. Насмотрелись, блин, штатовских боевиков и разгуливают теперь с битами по городу. Майк считал, что позволить отдубасить себя какой-то там заморской деревяшкой — чересчур унизительно. Бейсболист врезал наотмашь. Если бы попал, от ребер Майка остались бы лишь воспоминания. Но скелет ему был дорог как память, и менять его на что-то с ходу он не собирался. Агент легко ушел от удара. Ну, и что дальше? Майк стоял спиной к стеклянной стене ларька. Так было удобнее. Бычок, не думая, кинулся в атаку. Он размахнулся — Майк отскочил в сторону, бита, разумеется, вдребезги разбила стекло и застряла в решетке. Ударом ноги по запястью агент заставил парня расстаться с модной деревяшкой и продолжал с интересом следить за продолжением. Продавец забился в угол своей конуры, его было не видно и не слышно. Первый крепыш, которому Майк приготовил из его же собственных ресурсов глазунью, корчился на асфальте и совсем не следил за поединком. Второй бычок, потерев ушибленную кисть правой руки, снова пошел в наступление, но уже не спешил, присматривался. Тоже верно. Поспешишь — людей насмешишь. А таксист, например, мог бы и подождать, посмеяться, но он, собака, не дожидаясь, чем дело закончится, даванул на газ и скрылся за поворотом. Такой уж у нас народец — кого ни спроси, каждый считает, что своя рубаха ближе к телу. Хрен с ним, с таксистом, Майк другого найдет.

Крепыш сделал обманный финт рукой и одновременно ударил ногой, целясь Майку в голову. Смех да и только! Вот уж действительно: не умеешь — не берись. Он так высоко задрал ногу, что вот-вот опрокинется на спину. Без особых усилий агент сдернул с его ноги ботинок. Крепыш лишь моргал ошарашенно. Майк же со знанием дела рассмотрел его обувку.

— Набойку надо бы поменять, молодой человек,— доброжелательно посоветовал ему агент.

— Ну ты, сука! — рассвирепел парень, хотя мог бы уже сообразить, что нарвался на профи.

— Ну и манеры у тебя, засранец! — ответил Майк бычку.

Стоя к бойцу боком, он делал вид, что сосредоточенно рассматривал обувь. На приближавшегося крепыша он вроде бы не обращал внимания. С детьми надо не воевать, а проводить воспитательную работу. Впрочем, этот трудный ребенок иначе не поймет.

Парнишка между тем хотел продемонстрировать еще какое-то балетное па. Майк вовремя спохватился — что он, родимый, до сих пор в одном ботинке? Агент тут же вернул обувь. Ботинок стрелой преодолел разделявшее их пространство и вышиб крепышу зубы. Такой бутерброд парень еще не пробовал. Когда он очухается, ему, наверное, будет горько осознавать, что его вырубили собственным ботинком. Парень с разбитой мордой рухнул на асфальт и отключился. Майк подошел к ларьку, протянул в окошко деньги.

— «Парламент» легкий,— сказал он в сумрак конуры.

Как ни странно, но деньги исчезли, и на прилавок упала пачка сигарет. Майк забрал ее и, не требуя сдачи, зашагал к дальнему перекрестку. Ларьки с продавцами-привидениями, глупые русские ковбои с голливудскими замашками на тротуарах — все это было смешно, когда бы не было так грустно. У дальнего перекрестка на «приколе» Майк увидел три автомобиля: две «жульки», довольно старые и потасканные, а за ними — «Волга» с шашечками на крыше. Ездить в «Жигулях» Майк не любил — салон маленький, неудобный, ноги девать некуда, и такое ощущение, будто тебя затолкали в спичечный коробок. Майк выбрал «Волгу».

— Садись вон в ту машину,— показал агенту веснушчатый водила из стоящей посередине «шестерки», на впереди него «ноль-первую». Пожав плечами, Майк открыл дверцу «Волги». Таксист смотрел на Майка с сожалением.

— У нас тут очередь,— сказал он.— Вон тот на «копейке» сейчас первый.

Майк хмыкнул. Ему уже надоели подобные заморочки.

— Я не езжу на «Жигулях». Давай поедем по-хорошему,— предложил миролюбиво Майк.

Веснушчатый вылез из машины.

— Парень,— сказал этот наглец.— Или ты поедешь на той тачке, или не едешь вообще.

Майк сделал удивленное лицо.

— Кто же так решил? — искренне удивился он.

— Я тебе говорю! — дерзко заявил рыжий.

Воняло у него изо рта луком и еще какой-то гадостью. За его спиной маячил водила «копейки». Локтем с разворота Майк уложил рыжего на тротуар. Достали уже эти мальчики! Агент подошел к водителю «копейки».

— Ты все еще хочешь, урод, чтобы я с тобой поехал? — насмешливо спросил Майк.

Тот попятился назад и быстро замотал головой.

— Да нет... Я ничего... Да все нормально, мужик,— лепетал он, отступая.

— Ну и что ты сейчас раком пятишься? Смотри, привыкнешь,— сказал ему Майк, забираясь в такси и осматривая свой пиджак.

Локоть был вымазан кровью. Придется возвращаться.

— Давай в центр,— приказал агент таксисту, тот поспешно завел двигатель.

Только начали отъезжать от поребрика, как дорогу «Волге» перегородила темно-зеленый БМВ. Майк посмотрел в зеркало дальнего вида — в тылу был уже знакомый агенту джип.

Майк рывком вывалился из машины. «Ну ладно, мальчики! Вы сами этого хотели!» — прорычал Майк почти вслух. Из «бээмвэхи» выскочила команда бравых крепышей. Сколько же их развелось, этих квадратных и выпуклых!

Двое деловито зашли справа, тот, что вылез со стороны водителя, налетел слева. Майк сразу же перешел к активным действиям — правой ногой врезал в колено парню, зашедшему справа,— мениск вдребезги. Принял на локоть левой руки ногу второго и провел удар «копье в кадык». Миг — и агент уже лицом к лицу с водилой БМВ. Тот, видимо, понял, что произошло с его дружками, и предложил побоксировать. Да некогда! Боксер даже, видимо, не успел понять, почему у него вдруг подогнулись ноги. Он потерял сознание, а также парочку передних зубов. Джип «гранд чероки», быстро развернувшись, свалил. Тем мальчикам агент уже сегодня кое-что объяснил, и они, очень похоже, начали врубаться. Вот и ладненько. Можно считать, на этот час конфликт исчерпан. Агент забрался в «Волгу». Молодой водила смотрел на Майка с восхищением и лишь удивленно мотал головой.

— Ну, бля, круто! Я, блин, такого еще не видел! — изумлялся таксист.— Шесть секунд, и троих на хер! — ржал он.

— Давай, шеф, поехали, что ли? — спокойно предложил Майк.

«Волга» дала задний ход, объехала БМВ с возящимися около нее на асфальте бычками. Покатили в центр.

— Ну ты и круто!..— не мог успокоиться таксист, то и дело с восхищением поглядывая на Майка.— В десантуре, что ли, служил?

— В кукольном театре. Костюмы выдавал... — пробурчал Майк.— Вперед смотри.

В них с ходу чуть не врезался вылетевший из-за поворота и не в меру разрезвившийся на пустой дороге троллейбус.

— Ух ты, козел рогатый! — выругался таксист, лишь чудом увернувшись от махины общественного транспорта.

Оставив пиджак дома, агент отправился на Невский. Нашел приличный магазин и занялся покупкой всего, что считал нужным сейчас иметь: отменный костюм, ботинки, рубашки, галстуки и нижнее белье. В ювелирном отделе приобрел массивные золотые часы с увесистым браслетом, кольцо с бриллиантами, браслет с брюликами, золотую с бриллиантами зажигалку и еще кое-какие аксессуары.

Вернулся домой, надел приобретенное и посмотрел на себя в зеркало — бандит бандитом... На преуспевающего коммерсанта Майк точно не походил. Глаза. У него сейчас был взгляд человека, привыкшего смотреть на своих врагов через перекрестие снайперского прицела.

— Ну и рожа у тебя, Шарапов,— прокомментировал Майк свое отражение и, распихав «зеленую» наличность по карманам, снова вышел на улицу.

17

До казино на этот раз Майк добрался без приключений. Заведение работало круглосуточно. Оформив регистрационную карту и заплатив за входной билет, Майк прошел в зал. Днем посетителей было негусто. Майк присмотрелся к публике. Знакомых не было. Он прошел к кассе и разменял тысячу долларов на фишки по сто. Устроился за покерным столом. До Майка там бился с дилером один на один какой-то господин с выпяченными губами и приплюснутым носом. Прежде чем сесть за стол, агент спросил:

— Не помешаю?..

— Присаживайтесь! — со вздохом ответил мужчина.— Одному бороться трудновато. Карта не идет! Как ни подрезаю — все одно ни черта! Игра в одни ворота!.. Уже больше шестисот поставил, а хоть бы раз нормальная игра пошла! — возмущался он.

— Сейчас мы их фарт себе перетянем,— уверенно сказал Майк, морально поддерживая соседа.

— Может, и правда, попрет?..

Дилер сдавал карты.

— Ну как? — спросил сосед, глядя, как Майк неспешно «натягивал» карту.

— Пока только «пара»... — кивнул тот, открывая третью карту.

— Не переговаривайтесь, пожалуйста,— сделал замечание пит-босс, стоявший рядом с дилером. Его волновало, чтобы игроки не сообщали друг другу, какие карты в игре.

— О'кей, парень. Тайну не разглашаем,— проворчал Майк и вытащил третью карту.

Тройка червей. Четвертой картой агенту пошла дама. Пятую Майк не смотрел. Пусть будет неожиданной. Все равно пара была неплохая и играть было можно. Агент ответил «стошкой», положив карты рубашкой вверх и накрыв их фишкой в сто долларов. Дилер открыл свои карты. Игра у дилера была, и она была меньше, чем «пара» Майка. Дилер сначала открыл карты соседа. Тот выиграл на двух королях. Сосед был доволен. Затем открылись карты Майка, и та карта, которая считалась им «неожиданной», выдала третьего валета. Тройник. Отлично для начала. Главное, чтобы так и шло.

Через часок Майк и сосед уже наиграли денег, поймали свой фарт.

— Может, сделать перерыв? — предложил сосед, когда несколько раз подряд их «умыли» на хороших ставках.

Майк согласился, что удачу можно не портить, а неудачу нужно перекурить. Отошли от стола.

— На рулетке не пробовали? — спросил сосед.

Майк пожал плечами:

— Мне все равно. Можно сыграть и на колесе.

— Давайте выпьем кофе и попробуем,— предложил мужик.

Пошли в бар выпить по чашке кофе. Часа через три, когда в казино стало людно, Майк и Антон, так звали соседа по столу, успели просадить в рулетку весь недавний выигрыш с покера и снова приподняться на том же покере почти до первоначальной суммы.

В «блэк-джэк» Майк играть не стал, хотя Антон и предлагал попробовать.

— Да... — тянул Антон, загребая очередной выигрыш.— Не нужно было вставать за рулетку.

— Игра есть игра,— философски заметил Майк.

Он тоже выиграл, перебив дилера отличным «стрит флэшем» и содрав неплохой бонус к основному выигрышу.

— Просто, если игра идет за одним столом,— продолжал Майк,— нет надобности менять место.

— Майк, как только вы подсели, я сразу почувствовал, что игра должна пойти... — обрадовался Антон, дымя сигаретой.

— Много куришь. Тебе нужно пить больше минералки,— посоветовал ему агент.

— Это еще зачем? — удивился сосед.

— Врачи рекомендуют тем, кто много курит.

Антон тут же заказал пару бутылок минеральной воды себе и Майку. Агент заметил на выходе группу лиц, среди которых выделялся мужчина лет тридцати пяти в безупречно пошитом костюме. Волевые черты лица, аккуратная прическа. Вокруг него была охрана и свита приближенных. Этого человека Майк знал, но делал вид, что смотрит на присевшую в кресло довольно симпатичную дамочку в длинном платье с двумя смелыми разрезами на бедрах. Фигура у женщины была просто потрясающая, лицо с безупречными чертами было обрамлено длинными золотистыми локонами. Возле дамочки вился какой-то невзрачный типус. Девушка поймала взгляд Майка и, улыбнувшись, прикурила от услужливо поднесенной типусом зажигалки.

— Ты знаешь, кто это? — спросил Антон, заметив, куда Майк уставился.

— Нет. А кто?

— О! — Антон поднял голову, показывая глазами куда-то вверх.

— Дочь господа бога? — удивился Майк.

Антон рассмеялся.

— Немного пониже. Это дочка Кускова! — с благоговением произнес он незнакомую Майку фамилию.

— А кто такой Кусков?

— Ну ты даешь! — в свою очередь удивился Антон неосведомленности Майка.— Ты что, не знаешь, кто такой Кусков?

— А на хрен он мне нужен, спрашивается.

Немного подумав, Антон согласился:

— Действительно... Но вообще-то имей в виду — папа этой девочки распределяет недвижимость и кое-что еще...

— Недвижимость — это хорошо,— согласился Майк.— Но дочка у него получше всякой недвижимости. Папик может гордиться.

Девушка чувствовала взгляд Майка, но делала вид, что занята разговором с тем невзрачным типусом. Внезапно вместо девушки Майк увидел перед собой пуговицы рубашки на чьем-то мощном торсе. Он поднял глаза — этого недоноска Майк уже где-то встречал.

— Так, значит, тебя Майк зовут? — спросила гора мускулов.

Майк вспомнил. Именно его он пару дней назад слегка помял в баре. Именно слегка, потому что эта обезьяна еще могла ходить и даже издавать какие-то более-менее членораздельные звуки. «Виноват,— хмыкнул сам себе Майк,— не доработал...» Но дело поправимо. Затянувшись сигаретой, он выпустил дым прямо в круглую морду парня.

— Молодец, что запомнил, малыш... — похвалил его агент.— А теперь ступай, поиграй в песочнице.

Бычок напрягся — сейчас лопнет от злости. Но ответить ему было нечем, книжек в детстве он не читал.

— Ну, чего сказать-то хочешь? — Майк стер со своего лица улыбку.— Базарь или отваливай, хомяк! Некогда мне с тобой воспоминаниям предаваться.

— Старик! — послышалось восклицание.

И к Майку направился тот, кто пришел со свитой. Бычок был тоже из его команды, теперь это было понятно. Майк поднялся навстречу и невзначай наступил бычку на ногу. Тот дернулся было, но смолчал и лишь пыхтел злобно, сверкая свиными глазками.

— Санек! Сколько лет! — развел руки Майк, и они обнялись со старым приятелем Санькой, которого Майк знал с детства.

С минуту они похлопывали друг друга по спине и плечам. Кодла Сашкиных охранников скромно держалась на расстоянии.

18

— Я уже наслышан о твоих подвигах,— смеялся Александр.— Ты ведь недавно в городе?

— Ну... да,— кивнул Майк.

— А дел уже натворил... — Санька вновь хлопнул Майка по плечу.— Моих парней успел отметелить и еще из одной бригады ребят зацепил. Менты с ног сбились — тебя ищут днем и ночью, хотят за своих поквитаться.

— А ты откуда все знаешь? — спросил агент, делая вид, что крайне удивлен, хотя сам четко знал, что именно так все и должно быть. Именно на это и был расчет Майка.

— Ну, я должен знать... — ответил Саня, став более серьезным.— Ладно, пошли в ресторан и обо всем поговорим,— пригласил он в зал при казино.

Его свита плыла за ними, а двое охранников убежали вперед проверить обстановку там, куда направлялся их шеф.

— А ты откуда припылил такой сердитый? — спросил приятель Майка.

— От хозяина... — буркнул тот неохотно.— Отдохнуть хотел, а тут у вас бычар да ментов отвязанных — плюнуть некуда...

Александр рассмеялся. Устроились за столиком. Как из-под земли, появился официант. Мотнув головой в сторону одного из своих людей, Саня сказал ему:

— Он тебе все расскажет.

Официант подошел.

— Значит, ты срок тянул. А что со службой?

— С нее, родимой, и приземлили.

Приятель понимающе кивнул:

— Сколько чалился?

— Дали четыре. Годишник по амнистии слетел.

— Понятно... — задумался Александр.— Как у тебя с документами?

Майк закурил, посмотрел на приятеля, пустил дымок кольцами.

— Никак. Проколоться пока нигде не успел,— пояснил агент ситуацию с пропиской.

— Значит, по «волчьему» билету гуляешь. Ерунда. Устроим,— пообещал Александр и снова улыбнулся: — А форму, я вижу, ты не потерял.

— В моем случае потерять форму означает потерять башку.

— Ну, насчет башки — тебе это, похоже, не грозит,— рассмеялся Саша, наливая Майку и себе минералки.

* * *

Квартира у приятеля была огромная, и вбухано в нее денег было немало. В казино они засиживаться не стали, Александр предложил продолжить разговор у него дома. Собственно, это была вербовка в его команду на самых привилегированных условиях, и, разумеется, Майк не возражал. Именно этого он и добивался, как только приехал в город.

— Кстати,— сказал Александр, когда они развалились в удобных креслах перед шикарно отделанным лепкой и изразцами камином и принялись за кофе.— С тобой хочет поговорить мой компаньон. Ты как, не против?

Какое совпадение! Майк же просто мечтал познакомиться с компаньоном Александра. Именно от этого знакомства и зависел успех его задания.

— Откуда ему известно, что я в городе? — усмехнулся агент, спрашивая приятеля с легким сарказмом.— И как он мог знать, что мы совершенно случайно с тобой сегодня встретились?..

Александр рассмеялся:

— Он в курсе, что ты мой старый товарищ. А уж когда услышал о твоих последних похождениях, так сразу потребовал, чтобы мы тебя нашли.

— Ну, если твой компаньон так заинтересован... В общем, я могу его послушать,— фыркнул Майк.

Александр одобрительно кивнул и набрал номер на своей трубке.

— Ты что, с домашнего позвонить не можешь? — удивился агент.

Ожидая ответа, Александр отрицательно помотал головой. Это, конечно, было его дело, но если он думал, что сотовый не прослушивается, то такая уверенность была более чем необоснованна. Обменявшись с кем-то условными фразами и не называя имен, Александр отложил трубку на столик.

— Скоро он подъедет. Только ты не соглашайся на все подряд...

— Это в каком смысле?

— Ну, в общем, не соглашайся на «мокрую» работу... — проговорил Саня, не глядя на Майка.— Мой компаньон знает о твоих способностях и наверняка предложит что-нибудь в этом роде...

— Он что, предлагает мочилово первому встречному? — искренне удивился агент.

— Да нет, конечно. Но о тебе у него есть информация.

— И кто ее дал? — Майк внимательно смотрел в глаза Александру.

— Ну, чего бы мы стоили, если бы ни черта не знали,— ответил тот уклончиво.

Вот это он очень верно подметил и, кстати, очень бы удивился, если бы узнал, насколько Майк был осведомлен о его делах. А что делать, если у того была такая работа! Ну, а чтобы, как в песне поется, никто не догадался, приходилось иногда косить под дурачка, прикидываться шлангом: мол, недавно прибыл в Питер и вообще не врубаюсь, ребята, что тут у вас делается. В ожидании человека они обсудили, как лучше провести вечер.

— Ты где так успел вковаться? — удивился Александр прикиду Майка.

— Маленькая гастроль,— ответил тот с лучезарной улыбкой.

Александр понимающе улыбнулся.

— Лихой ты наездник стал... Кстати, о скачках. Я после вашего базара приглашу телок!..— пообещал он, подмигивая.

Майк изобразил полный восторг, потому что могло показаться странным, если недавний зэк, пять минут как на воле — и не хочет гульнуть с девчонками.

— Вот это мы одобряем,— рассмеялся агент.

Александр, конечно, изменился за эти годы, но в какую сторону, пока было трудно сказать. У него в руках были большие деньги и серьезные дела. Власть над людьми. Мощная команда, готовая отстаивать свои интересы с оружием в руках. Все это требовало самого пристального рассмотрения. Одно дело — знать о человеке из оперативных материалов, другое — непосредственно с ним работать. То, что Александр, опережая предложение своего компаньона, предостерег Майка от неверных шагов, было ему в плюс, хотя ни о чем еще не говорило. Сказать можно все что угодно. Главное — дело... Пока же агент знал про Александра только одно — при всем внешнем блеске он в интересующих Майка структурах был не на первых ролях. За его спиной были люди посерьезней, для которых он — лишь исполнитель. Разговаривать сейчас Майку предстояло не с тем человеком, который реально стоит во главе питерской наркомафии, а всего лишь с его эмиссаром. Но агент был уверен, что сможет добраться и до главы предприятия. Конечно, всякое могло случиться. Жизнь — игра, не нами придуманная, и каждый играет в меру своих способностей. Существовали темы, которые торопить вредно. Именно в таком долгосрочном проекте Майк и участвовал. Очень многое поставлено на карту, и проиграть в этой игре было нельзя. Слишком большая ответственность была перед будущим...

19

Встреча состоялась. С Майком разговаривал солидный господин неопределенного возраста — ему с равным успехом можно было дать как тридцать, так и пятьдесят лет. Мужик он был умный, хитрый, коварный... В течение часа Валерий Константинович, так он представился, гонял Майка по его биографии, а потом наконец раскрыл карты. Александр, сославшись на какие-то срочные звонки, ушел в глубину квартиры. Майк верно понял: Санька хоть был и не пешкой, но и не главным в здешней игре.

Валерий Константинович объяснил, что они пытались удержать в своих руках рынок наркотиков и оружия. Через Питер проходило огромное количество такого товара, но конкуренты с каждым годом все больше наглели. В Питер уже давно залезла Москва и мэны из Закавказья.

Майку был предложен эксклюзивный вариант работы. Денег он получит столько, сколько будет необходимо. Естественно, в разумных пределах, и прочее, и прочее... От Майка требовалась лишь качественная работа.

— Вот ключ,— сказал Валерий Константинович и положил перед агентом на столик ключ необычной формы.— Если надумаете, то свое первое задание найдете там. Об остальном можете не беспокоиться. Запоминайте адрес.

Он назвал улицу, дом и квартиру.

— Если решите серьезно сотрудничать с нами — будем рады,— поднявшись, он протянул Майку руку.— Если возникнут сомнения, передайте ключ Александру, но в ту квартиру не заходите,— предупредил он.

— Предположим, что я согласился,— сказал Майк.— В этом случае вы могли бы помочь и моим друзьям?

— Разумеется. Любые проблемы наших сотрудников мы способны решить и решаем очень быстро.

— Хорошо. Вы узнаете о моем решении до утра... — заверил Майк Валерия Константиновича.

Переговорив с Александром в другой комнате, тот наконец-то удалился.

* * *

Почти всю ночь Майк и Александр прокувыркались с четырьмя классными девчонками. В полшестого утра Майк отвалил к себе домой.

Перед работой нужно было выспаться. Он, понятное дело, не собирался отказываться от предложения таинственного Валерия Константиновича. Но соглашаться сразу — дурной тон. Думалось Майку, тот все прекрасно понял и надеялся на сотрудничество. А это значило, что скоро в игру вступит оружие Майка.

Выйдя от Александра, агент взял такси. Прежде чем поехать на квартиру, от которой у Майка был необычный ключ, он минут сорок мотался по городу. Возможно Александра пасла какая-нибудь служба, способная заодно прицепиться и к Майку. Но «хвоста» не было.

Входная дверь выглядела солидно. Агент вставил ключ в скважину — поворачивать его не требовалось. Щелкнули электронные запоры, и дверь открылась. Майк прошел внутрь, осмотрелся. Квартира была однокомнатная, мебели — мало, и вся она казалось какой-то несуразной. Вероятно, такова нынче интерьерная мода. На стеклянном столике идиотской формы лежал конверт. Майк вскрыл его и уселся в уродливое кресло. Судя по картинкам, развешанным на стенах, хозяину очень не нравился окружающий его реальный мир. Впрочем, это были его проблемы. В конверте — несколько фотографий и отпечатанная на принтере инструкция. В ней конкретно названы люди, которых Майк должен навестить, вопросы к ним, возможные трудности в общении и рекомендации по их преодолению. Изложено все умно и предельно лаконично. Инструкцию составлял профессионал-аналитик высокого уровня. От Майка требовалось лишь четко выполнить поставленную задачу, а потом отчитаться перед специальным диктофоном. Что ж — все было не так сложно.

Еще раз агент окинул взглядом помещение. Поднявшись, подошел к одной из картин и сдвинул ее в сторону. За картиной в стене — дверца сейфа. Код доступа был указан в инструкции. Майк открыл сейф и увидел в нем все необходимое для работы. Нормально. Закрыл сейф, ничего пока не трогая, и прикинул, удастся ли ему подремать часок-другой на диковинном диване и не свалиться с него во сне. Дизайнера, который придумал этот диван, следовало бы отправить в психушку. Майк все-таки решил рискнуть и улегся на это более чем сомнительное сооружение. Агент с удивлением отметил, что оно оказалось достаточно удобным. Сил после бессонной бурной ночи почти не осталось. Надо отдохнуть. Майк заснул.

ЧАСТЬ ВТОРАЯ

20

Переодевшись и забрав с собой все, что было необходимо, Майк вышел из квартиры. Он поехал по одному из указанных в безымянном послании адресов, а именно к некоему Вадику, который, вероятно, постоянно перебегал дорогу шефам Майка и потому надоел им до чертиков. Вадик, конечно, был не прав. С ножом на танк не ходят, танк подрывают. Вадик до этого не додумался, поэтому сегодня танк его раздавит. Хотелось бы застать мальчика дома. Впрочем, в инструкции был предусмотрен вариант отсутствия хозяина. Информация у шефа Майка была исчерпывающая — работать одно удовольствие. Вадик был правой рукой авторитета серьезной команды, занимающейся сбытом наркотиков в Санкт-Петербурге. Была еще и левая рука. С ней предстояло разобраться позднее. Главарь же шайки был третьей целью Майка. Но сначала нужно было отрубить ему «руки».

Агент поднялся по ступенькам старого дома из тех, что считались в городе престижными. Майку всегда было трудно понять, почему нувориши так стремились жить в центре города, где шумно, а летом — окон не открыть из-за дерьма в воздухе. Машин везде — шквал, с парковками постоянная проблема, в магазинах все гораздо дороже... Другое дело — офис в центре города и квартира на случай... Но жить там постоянно!.. Агент поднялся на третий этаж и позвонил. На двери — броня, которую и «акаэмом» не возьмешь.

Через интерком мужской голос:

— Вы к кому?

— Вадик мне нужен... — нарочито развязно сказал агент.

— Его нет. Вы кто?

— Слушай, кореш. Если вы тут всегда так гостей встречаете, то я, пожалуй, отвалю обратно в Москву и расскажу своим, как меня встретили питерские братишки... — Майк блефовал, но это должно было сработать.

— Подожди, приятель. Скажи, от кого, чтобы мне связаться.

— От Сивого из Одинцова.

Если начнут узнавать у того Сивого, посылал ли он человека, в Москве все подтвердят. Так было написано в инструкции.

Агент ждал три минуты. Наконец запоры загремели, щелкнул электрический замок, и дверь открылась. Майка пропустили в квартиру.

— Проходи,— сказал парень в сетчатой майке, спортивных штанах и тапочках на босу ногу.— Колеса можешь не снимать,— сказав это и закрыв дверь, он пошел по коридору впереди Майка.

Агент, поправив на плече сумку, последовал за ним. Кстати, любой мент, взглянув в нее, обалдел бы от изумления, а заодно и той наглости, с которой в ней все таскалось. Ну и квартирка — без провожатого можно заблудиться. Комнат было двадцать, не меньше, не считая каких-то еще других помещений. Богато живут наркодельцы — ничего не скажешь. Обстановка и отделка дома были на уровне.

Майк прошел за парнем в гостиную. Тот, похоже, был охранником. Устроившись на диване, он смотрел видик, а чтобы не скучно было, глушил баночное пиво. На журнальном столике — пустые и полные банки «Туборга».

— Располагайся,— пригласил охранник, плюхнувшись на свое место.— Сейчас он подъедет.

Майк поставил сумку на пол у тумбы музыкального центра и устроился в кресле напротив.

— Пивка хочешь? — предложил охранник.

— Кофейку бы, а?

Кивнув, боец снова поднялся на ноги.

— Счас сделаем. Новый фильм видел? — кивнул он на телевизор.

— Посмотрим,— согласился Майк, вроде с интересом глядя на огромный экран.

Охранник ушел на кухню. Пушку он таскал на ремне у пояса, из-под резинки спортивных штанов торчала лишь мощная рукоятка пятнадцатизарядной «беретты». Майк окинул взглядом комнату. Стандартный интерьер, характерный для быстро набирающих обороты «новых» русских. Интересно, кому все это достанется после посещения Майка?

Мелодичная трель звонка известила о прибытии клиента. В прихожей послышались невнятные голоса. Мешал слушать чертов телевизор! Наконец в гостиную вошел хозяин квартиры. Майк поднялся ему навстречу. Поздоровались.

— Ген, сделай кофе,— распорядился Вадик.

— Дак я и делаю,— пробормотал Гена, остановившись на пороге гостиной.

— Где ты делаешь, если до сих пор здесь торчишь! — взорвался хозяин, резко обернувшись к охраннику.

— Все, все, уже ушел... — Тот обиженно удалился в направлении кухни.

По Вадику было видно, что тот уже вкусил всех благ жизни. Раньше наверняка занимался спортом, и не исключено, что имел неплохие результаты. Он был почти одного роста с Майком, широк в плечах и накачан, но пухлые щеки, двойной подбородок и наметившееся брюшко свидетельствовали о том, что теперь он предпочитал менее утомительное времяпрепровождение.

— Присаживайся... — указал Вадик пухлой рукой на кресло рядом с журнальным столиком.— Ну как там Сивый?..— Сам он занял место напротив.

По тону, каким был задан вопрос, Майк понял, что Сивый интересовал Вадика постольку-поскольку. Улыбнувшись, агент показал комбинацию из большого и указательного пальца, образующих нечто вроде круга.

— Ништяк. Все путем. А вот у тебя, парень, дела не очень,— Майк сделал грустное лицо, показывая тем самым, что ему действительно жаль, что дела у Вадика пошли хреново.

Тот моментально занервничал — лоб аж покрылся испариной, руки заметно задрожали. Агент выдержал паузу и ухмыльнулся, глядя, как тот заерзал в кресле.

— Почему вы так считаете? — неуверенно спросил он, пытаясь понять по выражению лица агента, шутит тот или говорит серьезно.

Майк пожал плечами:

— Так не я, так Сивый сказал. Трудно стало понимать, кто тут у вас и что мутит... «Сливаете» в городе кого попало. Зачем Гнилого замочили?

— Да в чем дело-то! — чуть ли не подпрыгнул Вадик.— Команду от Барина Поп получил? Получил! Я-то здесь при чем? Меня же никто не спрашивал! Я выделил бойцов — и все!

Майк попал в точку. Информация у него была — высший класс! Поп — босс Вадика. А вот Барина в списке не значилось. Если он сам дает команды на устранение конкурентов, значит, это какой-то туз. Нужно будет поработать над этим отдельно.

— Да ладно. Я, собственно, не об этом. Завтра тебе «снежок» привезут.

Вадик вскинулся.

— Вот за это спасибо! — потирал он руки.— Вот это в натуре ништяк! Уважили, пацаны! В самый раз Сивый подогрел! А то у нас та партия «кокса» отскочила в первые две недели!

Вошел охранник с подносом, на котором стояли кофейник и чашки. Поставил поднос на столик.

— Ты там пока посиди,— показал Вадик охраннику на двери в коридор.

Тот молча удалился.

Вадик собственноручно разлил кофе по чашкам.

— Может, тебе что-нибудь покрепче? — спросил Вадик.

— Не катит. Я с этим делом временно в завязке.

— Это правильно,— согласился Вадик.— Я тоже уже неделю ни в одном глазу,— сказал он, явно гордясь собой.

— Так вот что,— начал медленно Майк, якобы собираясь с мыслями,— Сивый передал, чтобы ты присмотрел за Колюней. Мутит он что-то в Москве. Есть такое мнение.

Вадик замер, не донеся чашку до рта. Колюня — кореш Вадика, и правая рука Попа.

— Серьезно, что ли? — недоверчиво переспросил он.

Майк ответил с недоброй улыбкой:

— А где ты видел, родной, чтобы у нас несерьезно было, а? Кто такой Барин? И что он за хер с горы, чтобы давать команду? Вы чё, суки, зажрались здесь совсем? Жало теперь суете свое, куда хотите?!

— Да ты чё, братан! — побледнел Вадик, глядя на Майка с нескрываемым ужасом.— Это же Поп с Барином банкуют. Я-то не при делах!

Майк молча пил кофе. Вадик застыл с чашкой в руке, словно загипнотизированный. Ждал, что Майк еще скажет про его корешка.

— Ваш Колюня добазарился в Москве с дагами и метит тут на чье-то место,— пояснил агент, не сводя глаз с Вадика.— Как мыслишь, что нужно дагестанцам в славном городе Питере? — Майк дал понять, что ему многое известно.

— Так вот, значит, зачем он в Москву мотался... — произнес Вадик задумчиво.— А нам-то плел, что к козе одной, вроде бы певичке, летал! Ну, сука! Да я его сейчас!..

— Тихо, ша! — поднял Майк руку.— Сядь! — приказал он тоном, не терпящим возражений.

Вадик тихо опустился в кресло, весь кипя от негодования.

— Он ведь сейчас здесь... — сообщил Вадик, сверкая глазами.— Внизу в тачке сидит. Ждет, блин... Самое время с ним поговорить...

Агент отрицательно мотнул головой:

— Им и без тебя есть кому заняться...

Вадик моментально остыл, с изумлением глядя на Майка.

— Так ты для этого и приехал? — спросил он тихо.— Неужели с Колей все так хреново?

Майк подтвердил кивком, что с Колей все очень паршиво. Вадик в изнеможении откинулся на спинку кресла.

— Да-а-а... — протянул он.— Ну, бля, вообще...

Умно он мыслил.

— Кто такой Барин? Быстро все о нем! — приказал ему Майк, не дав уйти в себя.

Вадик поднялся и поплелся в угол гостиной. Взял с полки фотографию и, вернувшись к столику, подал ее Майку. На снимке — четверо парней на фоне каких-то кустов. Эту фотографию агент рассматривал очень внимательно еще вчера.

— Вот он... — ткнул Вадик пальцем в крайнего справа.— Мы тут на шашлыках были под Первомайским,— зачем-то пояснил он упавшим голосом.

Майк спрятал фото в карман пиджака:

— Где его конура? Как найти?

Вадик назвал несколько мест, где можно было увидеть Барина вечером. Внезапно агент заметил в глазах Вадика удивление. Похоже, балбес начал потихоньку врубаться, что произошло: он передал информацию не тому человеку, которому следовало.

— Слушай, братишка,— проговорил Вадик с какой-то новой интонацией в голосе,— а может, не будете трогать Кольку? Знаешь, давай я сам спрошу кое-кого об этом?..

Улыбаясь, Майк кивнул, как бы соглашаясь: мол, без проблем, спроси... Вадик нагнулся, чтобы взять со стола телефонную трубку, и замер, вытаращив глаза на правую руку Майка, которая сжимала «Вальтер ППК» с небольшим глушителем, срез которого был нацелен Вадику в живот.

— Ты... ты... что? — почему-то спросил тот, отступая.

— А ты сам как думаешь? — ответил вопросом на вопрос агент.

— Да за что? Сейчас я поговорю с людьми, и мы все уладим! — торопился он заверить агента.

— Считай, что все и так улажено,— успокоил его Майк.

Выстрел прозвучал негромко, будто Майк газетой прихлопнул на столе надоевшую муху. У Вадика на груди появилась алая точка. Как подкошенный, он упал на пол. Прозвучал второй хлопок — контрольный в голову. Майк повернулся к дверям в коридор. Нюх у охранника был, но вот опыта — маловато. Почуяв неладное, он ворвался в гостиную с пушкой наперевес, но пустить ее в ход не успел. Пара хлопков, и охранник с продырявленной башкой завалился на мягкий палас. Майк сменил обойму и направился на кухню. Он чувствовал, что там кто-то есть. И не ошибся. На кухне за столом сидел парень и смотрел телевизор. Он, конечно, ни черта не слышал. Как, блин, любят все эти охранники кино смотреть... Агент вырубил парня ударом кулака в висок, когда тот обернулся, чтобы посмотреть, кто вошел на кухню. Майк подошел к окну и выглянул из-за занавески во двор. Метрах в десяти от подъезда стоял «пятисотый» «Мерседес». За рулем — черный силуэт. Скорее всего, это и был Колюня. Ладно, никуда он не денется. Пока стоило заняться кинолюбителем. Парень, обеими руками схватившись за край стола, пытался встать. Майк не мешал ему и быстро его обыскал. Ого! «Макаров» и шесть полных к нему обойм. Ни хрена себе, вооружился мальчик!..

Легким ударом ноги Майк подсек парнишку под щиколотку и, когда тот растянулся на спине и еще мутными глазами пытался разглядеть, кто его так и что происходит, агент надавил ему коленом на грудь.

— Как звать? — спросил Майк спокойно.

— Дима... — прохрипел он, но попыток к сопротивлению не предпринял и правильно сделал.

— Через кого реализуете наркотики в городе, Димон?

— Не знаю.

Положив пистолет на пол, двумя ладонями Майк врезал ему по ушам. Главное — не перестараться. Важно, чтобы этот тип все слышал. Не писать же ему потом вопросы на бумажке...

Агент подождал, когда Дима придет в себя. Тема была серьезная, и отвечать ему придется, хочет он того или нет.

— Повторить вопрос?

— Это Толян... — прошептал Дима.— Он занимается сбытом и людьми...

— Где он сейчас?

— Дома он,— чуть не рыдал парень.— Дома он!

— Адрес!

Дима, заикаясь, сообщил координаты Толика.

— Чем он занимается, кроме сбыта?

— Я не знаю,— ныл Дима.

— Давай, парень, сделаем все по-хорошему,— сказал Майк тихо и серьезно.— Не заставляй меня прибегать к насильственным методам... Ты меня понимаешь?

— Да... — прошептал Дима, и в глазах у него появились слезы.— Что со мной будет?

— Все зависит от твоей искренности,— наврал ему агент, не убирая колена с его груди.

— Толян со своими парнями выполняет иногда заказы,— кололся Дима.

— Он что, дамский парикмахер? — усмехнулся Майк.

Ему, конечно же, все уже было ясно, но он хотел, чтобы Дима подтвердил все сам, запись пойдет на диктофон Майка.

— Они устраняют ненужных людей...

— Откуда же ты, родной, все это знаешь? — сделал удивленное лицо Майк.— Может, ты хочешь оговорить невинного человека?

— Он мой друг... — проговорил Дима.— От меня у него тайн нет...

Ну вот и отлично. Дима не был партизаном и сдал своего корешка с потрохами. Майк рывком сломал Диме шейные позвонки. Теперь пора уходить. У него еще куча дел.

Майк прошел в гостиную, протер чашку из-под кофе, затем отнес ее на кухню и, сполоснув, поставил в сушилку. Затем забрал кассету из видеомагнитофона, где была запись его прихода в квартиру. Вышел в коридор, закинув сумку за спину, достал гранату, выдернул чеку и, зажав «эргэдэшку» в кулаке, спустился во двор. «Мерседес» стоял на месте. В нем находился только один человек. Сунув руки в карманы, Майк подошел к машине. Со стороны водителя стекло было опущено. Колюня выдыхал дым от сигарет на улицу, балдея с прикрытыми глазами от попсового музона. У Майка для него была приготовлена музыка покруче.

Агент наклонился к окну. Парень вздрогнул, открыл глаза. Посмотрел на Майка исподлобья. Майк же, наоборот,— приветливо улыбнулся.

— Вадик сейчас соберется. Там, Коля, наши с Москвы прикатили, так что пока базар был...

Колек тут же успокоился и показал в улыбке желтые зубы.

— А я думаю, чё он так долго, еб его мать!

— Сигаретка найдется? — спросил Майк, вынимая руки из карманов.

Он быстро окинул взглядом двор — не было ли кого поблизости. Никого. Можно действовать.

— Счас. Какой базар, братан! — прогундосил Колюня и полез в бардачок, где у него лежали сигареты.

Майк бережно положил гранату меж ног парня поближе к паху. Раздался щелчок отскочившего держателя, сработал ударник замедлителя. Агент успел увидеть за стеклом ошарашенное лицо Колюни и присел за капотом «Мерседеса». Глухо лопнул воздух в машине. Поднявшись и мельком посмотрев на покореженный взрывом автомобиль, Майк ушел со двора. У «мерса» же даже заднее стекло не вылетело. Взрывная волна ушла вверх, вышибла лючок и вспучила крышу. Лопнули лишь боковые стекла. «Эргэдэшка» в таком деле — штука удобная. Вот если бы рванула «эфка», тогда трудно было бы предсказать, что бы осталось от «мерса», да и за свою безопасность Майк не смог бы поручиться.

Инструкция предписывала узнать как можно больше о людях, занимавшихся сбытом наркотиков — пока все шло как надо. Шефом этой команды Майк займется позже, и с ним будет легче. Он раздавит его, как клопа. А вот Толяном следовало заняться немедленно.

21

Поймав частника, Майк доехал до проспекта Художников. Дворами вышел к нужному дому. Подъезд. Четвертый этаж. Модная металлическая дверь, отделанная под дерево. Позвонил.

— Кто?

— Толик? Я от Димы. Нужно передать.

Слышно было, как в подъезд кто-то зашел. Хорошо бы не на этот этаж. Без дальнейших разговоров Майку открыли дверь. Толян — в майке и трениках, босой, пригласил войти.

— Чё передать-то? — спросил он.

— Волыны,— ответил Майк и нагло осмотрелся.

— Да порядок, я один,— успокоил его Толян, идя в комнату и позевывая на ходу.

Парень вроде как спал. Может, он только по ночам работает? Хрен его знает. Но Майка он понял по-своему: для него этот приезд означал, что доставили оружие для предстоящего дела.

— Проходи, чего стоишь?

Агент последовал за ним. Обстановка в комнате — средней паршивости. Разобранная полуторная кровать с несвежим бельем, японский телевизор с маленьким экраном, работающий без звука. Спертый воздух. Майк поставил сумку на заставленный пустыми бутылками и банками из-под пива стол. Скатерть — в жирных пятнах и блестках рыбьей чешуи. Майк достал «макарова» и к нему пару обойм. Разложил все это на столе, слегка потеснив стеклотару.

— А чего «макар»-то? — спросил лениво Толян, подойдя к столу.— «Калаш» получше будет. Прятать, конечно, неудобно, зато на работе с ним спокойнее,— хихикнул он, наблюдая, как Майк вынимал из сумки гранату.

— Ого! — прокомментировал это придурок.— Еще и рвать кого-то нужно?

— Этого я не знаю. Тебе потом все скажут,— сказал Майк, повернувшись к Толику лицом.

Тот кивнул, снисходительно глядя на Майка. Агент пробил штрафной в область паха. Не смотри так! Толян согнулся в три погибели.

— Дед Мороз к тебе приехал, дурачок,— сказал агент, усмехнувшись, и, натянув перчатки, извлек из сумки «вальтер».

— Ты чё?.. Гад!..— прохрипел Толян, пытаясь разогнуться.

Майк добавил ему рукояткой пистолета по уху — грубить нехорошо. Толик упал, но тут же пополз к двери. Майк наступил ему на ногу и, нагнувшись, рукояткой пистолета потревожил у Толика печень. Всхлипнув, тот затих.

Майк устроился на стуле и стал терпеливо ждать, когда ублюдок придет в себя. На столе в углу комнаты стоял компьютер. Надо же, мальчик в перерывах между убийствами осваивал умные машины. Майк взял со стола литровую бутылку «колы» и, открыв ее, взболтал. Придержав большим пальцем правой руки отверстие горлышка, пустил струю Толику в морду. Парень фыркнул и потянулся руками к мокрому лицу.

— Лежать! — приказал ему Майк, показывая ствол.

Парень действительно был не дурак, соображал — если попросили лежать, то лучше полежать.

— Ты кто? Чё тебе надо? — спросил Толян.

В его глазах была надежда и что-то там еще...

— Я же тебе сказал! Дед Мороз из Китая к тебе прикатил. Будешь отвечать на мои вопросы или тебя сразу... Чтоб не мучился?

— Да чё нужно-то? — прохрипел тот с пола.— Ты чё, на китаезов работаешь?

Ну не понимает человек шуток!

— Адреса. Кто, где и когда берет у тебя наркоту. Отвечать честно. Усек?

— Да понял я! — уныло сказал Толян.— Может, я все-таки на диван сяду? Хреново так-то разговаривать.

— Лежи. Давай все по порядку.

В течение получаса Толян загружал Майка информацией. Все что нужно, Майк запоминал. Потом он встал, отошел подальше, чтобы не забрызгаться. Толик попытался вскочить. Майк всадил ему две пули в голову. Одна из них, срикошетив от пола и дальней стенки комнаты, продырявила перегородку серванта рядом с Майком и разнесла вдребезги стоявшую там посуду. «Весело... Чуть себя не угрохал...» — изумился агент, глядя на то, что наделал в серванте свинец. Уложив оружие обратно в сумку, Майк пошел на выход. «А действительно, при чем здесь Китай?» — удивлялся он на ходу тому, что сморозил Толик. Уж кто-кто, а китайский Дедушка Мороз здесь совершенно ни при чем...

22

Майк вернулся на базу. Осмотрел вверенную ему Валерием Константиновичем квартиру: обнаружил в шифоньере большое количество разной одежды — от спецовки до смокинга. Вот это правильно — работа Майка требовала постоянно менять имидж, чтобы случайные свидетели не сумели его опознать. На столе он также нашел ноутбук и дискеты, на которые ему предстояло записывать отчеты о проделанной работе. Оружия в сейфе было навалом, даже парочка кейсов с новенькими снайперскими винтовками — разборными ВСК. В общем-то — арсенал профессионального киллера к услугам. Плохо, что пока не было документов, как нормальных, так и «левых». Документы в такой вредной работе имели первостепенное значение. Но, думалось агенту, после сегодняшней проверки на «вшивость» за ними дело не станет. Работу Майк выполнял быстро и качественно. Шеф не мог этого не оценить.

Майк переоделся и извлек из сейфа кейс с «вэ-эскашкой». Сегодня еще нужно будет поработать с ублюдком по кличке Поп... Майк решил провернуть всю сложную операцию за один день. А чего тянуть? Тем более что для агента это особого труда не составит.

Выбрав тихую улочку, из телефонной будки Майк позвонил Попу в его офис. Ответила секретарша. Он подождал, пока девушка оттарабанит название фирмы и начнет выяснять обстановку.

— Добрый день! Станислава Леонидовича я мог бы услышать?

— Здравствуйте. Представьтесь, пожалуйста,— попросила секретарша.

Голос у нее звучал не слишком приветливо. Напрасно она так — с возможными оптовыми партнерами нужно разговаривать ласково. Не учили, что ли, ее?

— Саровский Модест Геннадьевич,— врал Майк вдохновенно.— Директор «Модель Стар» из Архангельска. Я приехал в Санкт-Петербург на несколько дней и хотел бы приобрести у вас партию обуви. Мне вас рекомендовали из «Лонтинтернейшенл».

— О! Извините, Модест Геннадьевич! — Голос секретарши моментально потеплел градусов на пятьдесят.— Будем рады видеть вас у себя. Как раз на днях мы получили партию из Италии и Австрии. Обувь просто потрясающая! На любой вкус! А наши цены, я уверена, вас устроят.

— Отрадно это слышать,— изобразил невероятную заинтересованность агент.

— Но дело в том, что Станислава Леонидовича сейчас нет на месте. Он будет только завтра с утра...

— Ах, какая жалость! — искренне огорчился Майк.— Я очень ограничен во времени...

— Видите ли, Модест Геннадьевич,— стала объяснять секретарша,— директору утром позвонили... с его товарищем случилось несчастье, и он поехал к нему. Но я обязательно передам, что вы звонили. Назначить встречу на завтра?

— Подождите, я подумаю... — Майк сделал паузу.— Хорошо, давайте попытаемся, но тут уж я ничего обещать не могу. Возможно, мне придется срочно вылететь в Москву.

— Очень жаль. Все-таки я запишу вас на одиннадцать утра. Вам удобно это время?

— Давайте попробуем, но без обязательств.

— Я записываю.

— Спасибо. Всего хорошего.

— Спасибо вам за звонок. Будем ждать и надеяться, что вы найдете для нас время. До свидания.— При прощании голос секретарши стал просто бархатным.

Завтра ее шеф никого принимать не будет. Майк об этом сегодня позаботится. Значит Поп, он же Станислав Леонидович, в данный момент находился на месте гибели своих кентов. Что ж, Майк поспешит туда же.

За квартал от дома, в котором он побывал утром, Майк отпустил таксиста. Вернее, это был частник. Пешком он добрался до уже знакомой арки. Во дворе, где он подорвал Колюню, было полно милицейских машин. Взад и вперед сновали менты и еще какой-то народ. Майк прошел мимо, не задерживаясь, и метров через пятьдесят свернул во двор соседнего дома. Он вошел в подъезд и, убедившись, что на лестнице никого нет, поднялся на последний этаж. Через люк он проник на чердак. Он надеялся, что на обратном пути никто не станет путаться у него под ногами.

Майк открыл чемоданчик и в три приема собрал «винторез». Специальная винтовка состояла из съемного приклада, затворной части с креплением, магазина и ствола-глушителя. Оптический прицел был стандартный, ПСО-1, четырехкратный. Вставив обойму и дослав патрон в казенник, Майк подошел к чердачному окну.

Соседний двор был как на ладони. Агент рассмотрел в оптику народ во дворе. У раскуроченного «Мерседеса» копошились эксперты. Перед уазиком криминалистической лаборатории стоял милиционер с погонами майора, а рядом с ним — клиент Майка, что-то объяснявший милиционеру. Вот и чудненько. Агент навел оптику и выловил голову Попа в центр. Винтовка чпокнула, и Станислав Леонидович с пулей во лбу повалился на асфальт.

С чемоданом в левой руке и винтовкой в правой Майк через слуховое окно вылез на крышу. Во двор он не смотрел и старался, чтобы его снизу не было видно. Он перебрался на крышу соседнего дома, стоящего вплотную, вернее, прилегающего к первому, и попал на чердак, где уже спокойно уложил винтовку в чемодан, спустился и вышел на улицу. По дороге агент сменил трех частников, а за два квартала до базы пересел на автобус.

Вот Майк и дома. Войдя в квартиру, он снял грим и переоделся. Теперь можно было принять душ и отдохнуть после насыщенного трудового дня. Чуть не забыл! Надо же составить отчет...

Покончив с делами, Майк поехал на квартиру Афанасия Сергеевича и лег на кровать, прихватив с собой книгу из его громадной библиотеки.

23

Майк открыл глаза и постарался понять, сколько сейчас времени. За окнами — мрак. Темный час белой ночи. Он включил ночник, посмотрел на часы — половина третьего. Рядом с подушкой — книга «Повести временных лет» в академическом издании. Телефон не унимался. На том конце, видимо, очень хотели пообщаться. С минуту он размышлял: а не разбить ли аппарат к чертовой матери? Решил: пусть еще поживет. Вздохнув, Майк поднял трубку.

— База торпедных катеров! Дежурный старшина 2-й статьи Грицюк слухает! — сообщил агент неизвестному абоненту в надежде, что тот, озадаченный, извинится и даст отбой.

Но в трубке рассмеялся мужской голос:

— Рад, что у вас хорошее настроение. Извините, что так поздно. Но хотелось вас поблагодарить. Вы заключили крайне успешный контракт с отличной фирмой!

Майк узнал голос Валерия Константиновича. Его звонок не удивил, хотя номер этого телефона агент ему не давал. Удивляться нечему. Еще вчера, возвращаясь от Александра, Майк заметил, что его пасут. За ним шел какой-то хмырь. Войдя за Майком в подъезд, он поднялся на этаж выше и, конечно же, видел, в какую дверь вошел Майк. Агент его трогать не стал, будучи уверен, что это — человек Валерия Константиновича.

— Я думаю, вы не в обиде на меня за то, что я проигнорировал вашего агента в джинсовом костюме из «опель-кадета». У меня просто не было времени им заниматься,— сказал Майк, дав понять, что легко мог бы расправиться с тем придурком, которого послал Валерий Константинович.

Тот рассмеялся:

— Благодарю вас. Надо же, а ведь он уверял меня, что остался незамеченным. Вы действительно профессионал. Наведайтесь на днях в известное вам место и посмотрите внимательно материалы, которые для вас уже подготовлены. Если будет что-то нужно от меня, то там же найдете и номер дежурного телефона. Всего хорошего и спокойной ночи.

— Спокойной ночи.— Агент положил трубку.

Спать расхотелось. Нашел же время для звонка, мафиози чертов. Майк снова принялся за чтение. Трудно все-таки читать древнерусские тексты. Трудно, но интересно. Это сочинение Нестора-летописца, в котором рассказывалось, «откуда есть пошла Русская земля, кто в Киеве нача первее княжити и откуду Русская земля стала есть». Майка давно тянуло познакомиться с «преданьями старины глубокой»:

«В лето 6472 Князю Святославу възрастъшю възмужавшю нача вои совкупляти многи храбры и лъгко ходя, аки пардусъ, войны многи творяше. Ходя возъ по собъ не возяше, ни котъла, ни мясъ варя, но потонку изрюзав конину ли, звърину ли, или говядину на углех испек ядаше, ни шатра имяше, но пъкладъ поставъ и съдло в головахъ: Тако же и прочии вои его вси дяху. И посылаше к странамъ глаголя: „Хочу на вы ити". И иде на Оку ръку и на Волгу и налъзе вятичи и рече вятичемъ: „Кому дань даемъ?" Они же ръша: „Козаромъ по шълягу от рала даемъ!"»

«В год 6472/964, когда Святослав вырос и возмужал, стал он собирать много войнов храбрых и легко ходил в походах, как пардус, и много воевал.

В походах же не возил за собою ни возов, ни котлов, не варил мяса, но тонко нарезав конину, или зверину, или говядину и зажарив на углях, ел, не имел шатров, но спал, постилая потник с седлом в головах — такими же были и все прочие его воины.

И посылал в иные земли со словами: „Хочу на вас идти". И пошел на Оку-реку и на Волгу и встретил вятичей и сказал вятичам: „Кому дань даете? " Они же ответили: „Хазарам — по шелягу с сохи даем!"»

В общем, метелил Святослав всех и до болгар тоже добрался на Дунай, где подгреб под себя восемьдесят городов и отовсюду собирал дань. Короче, рэкет голимый. Как раньше сплошь воевали, чтоб в кайф пожить, так и сейчас — все одна тема. Если есть волки, значит, кому-то придется быть и овцой. Кто хитрее, проворнее, тот, естественно, и выживает, пока не придет сильнейший. Старая истина, но технический прогресс мало что поменял в душах людей. Война всех против всех продолжалась, и каждый был готов идти «на вы», если ему было нужно чего-нибудь добиться. Кто слабее, тех сжирают или используют, пока от них есть прок. Живут единицы. Остальные просто существуют, борясь ежедневно и ежечасно за право дышать. Живут одним днем, не думая о тех, кто придет после. Выколачивают деньги из всего, что только возможно. Гибнет природа, загрязняется атмосфера...

Как подумаешь, что сейчас человечество летит в пропасть на космических скоростях, страшно становится. Не за себя страшно, а за тех моральных уродов, которых мир сам же и плодил теперь. Добьют они этот мир окончательно...

24

С утра Майк заехал на базу. На этот раз конверта на столе не было. Все необходимые сведения находились на дискете. В сейфе же Майка ожидал сюрприз. Дело было даже не в деньгах, которых имелось больше чем достаточно. Теперь Майк был обладателем целой кипы различных документов: удостоверений личности от различных ведомств, нескольких иностранных паспортов с открытыми визами, кучи кредитных карточек, страховых полисов — документы были, естественно, на разные имена и фамилии, но на всех были фотографии Майка. Контора у Валерия Константиновича, как видно, была серьезная. В силу специфики своей работы агент разбирался в документах, поэтому, посмотрев то, что у него сейчас было, он мог авторитетно сказать, что этими «корочками» пользовались реальные люди. Чтобы проверить свою догадку, Майк включил компьютер. Так и есть. Сначала пошли сведения о каждом, под чьей фамилией Майку придется фигурировать: подробная биография, родственные связи, работа, друзья, знакомые. Информация была подкреплена фотографиями с подробнейшими пояснениями. Майк уже не удивлялся. По всей видимости, он начал работать на организацию, которая или недавно оторвалась от госопеки, или под надежным прикрытием закона занималась своими денежными делишками, используя неограниченную власть на полную катушку. Сейчас такому удивляться не приходилось — спецслужб развелось, мягко говоря, до хрена.

И было ясно, что Майку четко давали понять, с кем он имеет дело. Ну что ж, он не дурак, понимал, что вся эта куча «ксив» не даст ему никаких шансов смыться в случае чего от этой организации, способной тиражировать подобные фальшивки и трупы в таких количествах... Но, опять же,— это они так думают... Майк — он может все... Какие бы эти ребята ни были крутые, об агента они могут обломать все свои зубки. Но пока они были нужны ему, он будет с ними сотрудничать. Вернее, нужны были они не ему, а...

Чтобы осуществлять операции, подобные нынешним, Майка готовили очень и очень долго. Он был отличным учеником и, кажется, довольно убедительно играл роль спеца, выброшенного на свалку истории в эпоху Великих перемен. Эмиссар мафии Валерий Константинович не узнает, кто Майк на самом деле, даже в тот момент, когда настанет и его очередь получить несколько граммов свинца. Но это все в будущем... Пусть же пока считает, что агент ему благодарен и готов ради него на все...

Также имелись документы на предоставленные Майку машины. Один из автомобилей стоял во дворе, два других — в коттедже за городом. Коттедж тоже был в его полном распоряжении.

В общем, неплохое начало. Приятно, что Майка так ценили. А оперативность организации Валерия Константиновича внушала доверие. Выполнять задания Майка никто не торопил. На разработку операции давался месяц. Данных по человеку, которого он должен был убрать, оказалось маловато, не мешало бы знать, где он родился, крестился и прочее. Смысл этой работы не ограничивался тем, чтобы в нужный момент нажать на курок — прежде чем убрать клиента, Майк должен был выдавить из него максимум информации, любыми способами и методами. Для того чтобы он смог проявить свои способности по полной программе, его и обеспечивали всем необходимым. Правда, при этом подразумевалось, что если он на них работает, то уже самому себе не принадлежит. Да и черт с ним. Майк давно уже самому себе не принадлежит. Может, когда-нибудь его положение изменится в лучшую для него сторону, но пока ничего хорошего не светило. Ладно — поживем, как говорится, увидим. Все зависело не только от умения, но и от удачи. Или от судьбы. В общем, неважно, как это называлось.

Будущий клиент был серьезной шишкой. Охраняли его волчары не ниже классом, чем сам Майк. Такой расклад ему нравился. Выиграть у достойного противника можно было лишь при условии, если верно рассчитаны силы и возможности. Это — как хорошая партия в шахматы. Майк посмотрел, что у него было на сегодняшний день. Не считая квартиры Афанасия Сергеевича, он располагал теперь базой в виде однокомнатной квартиры плюс дискеты с нужной для его работы информацией, плюс немаленький арсенал современного оружия и всякие электронные прибамбасы, плюс три машины, ни одну из которых он еще пока не видел, плюс коттедж за городом. И вдобавок — куча документов и денег — более чем достаточно. Очень неплохо Майк «поднялся» за столь короткое время. Валерий Константинович и иже с ним надеялись, что благодаря такому мощному «техобеспечению» Майк продемонстрирует суперуспехи. Ему, впрочем, вовсе не льстило столь уважительное к нему отношение этих мерзавцев. Он знал — в начавшейся игре расслабиться было нельзя ни на минуту. Сегодня его боссы души в нем не чают, а завтра они неожиданно захотят от него избавиться. Закон джунглей требовал быть всегда начеку.

* * *

Майк вышел на улицу посмотреть на машину. Это была новенькая БМВ третьей серии, триста двадцатой модели. Нормальная машина. На такой одинаково хорошо и догонять, и уходить от погони. Майк осваивал ее уже в дороге. Нужно было осмотреть дом. Именно в загородный коттедж Майк и направлялся.

Дом ему понравился. Все комнаты обставлены со вкусом, все здесь было устроено для нормального «человеческого» проживания. В гараже стояли джип «паджеро» и красная «девятка» «Жигулей». В кабинете Майк нашел небольшой сейф с известным ему кодом. В сейфе была инструкция относительно имеющихся в гараже машин, в которых он мог беспрепятственно провозить оружие. Также было указано местонахождение тайника в подвале коттеджа, где имелось все нужное для работы. Заварив кофе, Майк устроился в кресле с ноутбуком, чтобы еще раз пробежаться по данным на будущего клиента. Неожиданно зазвонил телефон. Майк поднял трубку.

— Добрый день,— приветствовал его Валерий Константинович.

— Добрый, добрый.

— Осваиваетесь?

Майк посмотрел на экран ноутбука и усмехнулся:

— Порядок. Не могу не отдать должное вашей организации. Оперативность в оснащении — на высшем уровне.

— Я рад, что вам нравится. Отдыхайте, набирайтесь сил. Работа предстоит серьезная, поэтому не спешите. Постарайтесь подойти к проблеме ответственно. Времени у вас на все не больше месяца. Как вам такие условия?

— Вполне, судя по исходным данным. Пока нет никаких вопросов.

— Вот и отлично... — довольный словами Майка, заключил Валерий Константинович.— Желаю удачи.

— Спасибо.

— До свидания.

— Всего хорошего.— Майк положил трубку.

Валерий Константинович был птичкой высокого полета, и в этом не было никаких сомнений. Оставалось только догадываться, какого уровня негодяем должен быть в таком случае его шеф...

25

На своего клиента Майк налюбовался, не откладывая дело в долгий ящик, когда тот в обществе молодой женщины ужинал в ресторане. Мужик в свои пятьдесят лет выглядел довольно рыхло. Майк так и окрестил его про себя — «Рыхлый». Двойной подбородок, мясистый нос, огромный живот и пухлые руки с пальцами-сосисками. В общем, визуальное впечатление — ниже среднего. Зато спутница Рыхлого была лет двадцати пяти и чертовски привлекательна. Ну да с ней все было ясно — приткнулась ради денег...

Охраняли Рыхлого семь человек. Пятеро — неподалеку от него в зале и водители двух машин «Вольво», стоящих на парковке. Судя по тому, как эти мальчики сканировали глазами публику, они были профи в охране. Меньше тридцати никому из них не было. Скорее всего, в прошлом менты или комитетчики.

Агент отправился на рекогносцировку в пригород. Дом Рыхлого с первого взгляда внушал уважение — денег в строительство было вбухано немерено. Поднявшись на холм, заросший густым кустарником, Майк занял позицию с мощным биноклем в руках. Дачный поселок с холма — как на ладони. Вдалеке за узкой полосой соснового леса виднелась темно-синяя гладь небольшого озера. Бинокль у Майка был особенный — плоский, похожий на портсигар, набитый под завязку электроникой и оснащенный специальными фильтрами, чтобы стекла не бликовали. Он рассматривал дом и прилегающую к нему территорию. Парочка доберманов грелась на солнце — разлеглись собачки аккуратно поперек подъездной асфальтовой дороги. В небольшом яблоневом саду среди цветочных клумб возился садовник пенсионного возраста. Присмотревшись, Майк пришел к выводу, что в случае чего он помехой не будет. Других людей поблизости не видно, но это не значило, что их не было вообще.

Так, что там еще? Майк перевел бинокль на дворовые постройки. Пустой сетчатый вольер для собак и теплое помещение внутри — для них же. А вот что-то вроде летнего одноэтажного домика, комнат в нем, наверное, три или четыре. Постройка кирпичная, добротная, на окнах — белые занавески. Общая площадь этого имения — соток пятьдесят. Не так и много, но во всем поселке такого количества земли больше ни у кого не было. Забор — кирпичный, метра два с лишним высотой, а поверху — колючая проволока.

Ворота из толстой стали, такие вряд ли возьмет тараном даже БТР. Следящих камер по периметру Майк насчитал пятнадцать штук. Это были те, которые он видел со своего места. Значит, в доме был пульт, и кто-то за ним сидел. Учитывая, что сейчас белые ночи, проникнуть в дом будет одинаково затруднительно в любое время суток. Разве что погода нахмурится, как прошлой ночью — собирался дождь, но так и не начался. Зато сама ночь была темной.

Майку нужно было подобраться к Рыхлому настолько близко, чтобы он мог поговорить с ним по душам, задать кое-какие вопросы, отвечать на которые тот должен будет без запинки. Но чтобы такой разговор состоялся, необходимо нейтрализовать охрану, и в этом заключалась главная трудность. Перевернувшись на спину, Майк попытался просчитать варианты подступа к «клиенту». Таких набиралось десятка два, но все небезупречные. Он приходил к неутешительному выводу, что в конкретном случае ни один из них не годился. Убрать Рыхлого было проще простого, но желание новых боссов Майка получить от него предельно полную информацию осложняло выполнение задания. Интересно, что мог рассказать этот толстяк, если его охраняли, как президента страны, перекрывая все возможное общение с ним, кроме снайперского выстрела?..

Майк вернулся в свой коттедж. Времени на обдумывание у него было достаточно. Первая разумная мысль, что наконец пришла ему в голову,— как бы попытаться отследить Рыхлого в течение дня по всем его передвижениям в городе. Пока это было единственное, что Майк мог сделать. Да и самому необходимо было увидеть, куда ездит клиент и какие маршруты ему выбирает охрана. Его церберы могли проколоться хотя бы один раз, ведь не роботов Рыхлый в своем штате держал. Завтра с утра Майк и приступит к реализации своего плана по всем намеченным пунктам.

Добравшись до города, он позвонил полковнику и выслушал от военного кучу упреков по поводу оставленных им денег, а потом в течение десяти минут убеждал вояку в необходимости расширять дело. Когда наконец тот согласился, что в случае наезда со стороны рэкета он мог бы прикрыться фамилией приятеля Майка, тот оставил ему номер трубки Александра. Полковник на этот счет уже не возражал, и это обнадеживало. Майк заверил его, что тот смело может говорить бандитам, под чьей «крышей» работает, но платить никому ничего не будет, кроме зарплаты рабочим и налогов государству, разумеется (относительно денег в общак Майк с Александром договорился, но полковнику знать об этом было ни к чему). Ольги, к сожалению, дома не оказалось, и агент пообещал перезвонить на днях. Потом он позвонил Афанасию Сергеевичу, пообещал его навестить, как только выдастся свободное время.

26

Две недели Майк изучал распорядок дня своего клиента и в конце концов все-таки нашел уязвимое место. Толстяк приезжал в офис к десяти утра. В два часа ехал обедать в ресторан на Невском проспекте, а потом снова катил в офис. Ближе к вечеру у него, как правило, были еще две-три деловые встречи в разных ресторанах. Раз в неделю он ненадолго заезжал в свой клуб и два раза в неделю оставался на ночь у любовницы в квартире на Лиговском проспекте. К бабе он приезжал обычно пораньше и отпускал охрану. Майк выяснил, в какой квартире жила эта девица, и сегодня собирался ее навестить. У него вызрел отличный план, но для его осуществления нужно было заказать у новых шефов кое-что, отсутствующее в арсенале Майка. Переодевшись в форму капитана милиции, он отправился на Лиговский проспект.

Дверь открыла шикарная блондинка в коротком халате с глубоким вырезом. Майк видел ее в ресторане. Девушка была действительно красива.

— Чем я могу помочь нашей доблестной милиции? — улыбнулась она, склонив кокетливо набок голову: пышные волнистые волосы гладили округлые плечи.

— Да вот... тут, понимаете... — Майк прикидывался этаким застенчивым деревенским простачком, обалдевшим при виде красавицы.— Я спросить хотел... Вот...

Девушка рассмеялась. Агент рассчитал верно, ей было приятно, что молодой милиционер с четырьмя звездочками на погонах потерялся, восхищенный ее красотой.

— Так спрашивайте! — показала она в улыбке ровные белые зубы.

Ничего не скажешь, веселая и, что немаловажно, общительная девушка.

— Тут, видите ли, какое дело... Вы не заметили позавчера во дворе подозрительных типов? — спросил Майк якобы смущенно, глядя на вторую сверху пуговицу ее полупрозрачного халатика.

— Может, вы все-таки войдете? — предложила она.

— Да как-то неудобно... — агент неуверенно пожал плечами.— Я ведь только спросить.

— Заходите! — приказала блондинка и ушла в глубь коридора.

Майк пошел следом, прикрыв за собой входную дверь. Его провели на кухню. Уютное гнездышко — вот что можно было сказать об этой однокомнатной квартире.

— Что будете пить? — спросила она, повелительным жестом указывая на мягкий стульчик у круглого, инкрустированного перламутровыми амурчиками, столика.— Садитесь.

— Чай, если можно,— продолжал изображать стеснительность Майк.

Девушка улыбнулась и достала из серванта конфеты и печенье.

— Вам простой или фруктовый?

— Черный.

Девушка отобрала нужный сорт среди множества разноцветных коробочек на буфете.

— Так о чем вы меня хотели спросить? — напомнила она о цели визита Майка.

Тот же засмотрелся на ее ноги и, мысленно выругав себя, постарался сосредоточиться на деле. Киллер хренов, совсем расслабился!

— Понимаете... недавно в соседнем дворе... В общем, там украли велосипед у школьницы...

Девушка обернулась и удивленно посмотрела на Майка.

— Вот уж никогда не думала, что капитан милиции станет заниматься поисками велосипедов... — проговорила она недоверчиво.

Майк обреченно пожал плечами.

— Так-то оно так... — изрек он глубокомысленно.— Ясное дело, не стал бы, но бабушка этой самой школьницы уже заколебала наше отделение и успела всех достать в управлении и прокуратуре... В общем, старая всем нам крупные неприятности обещает, если не найдем этот чертов велосипед. Представьте себе, все стоят на ушах! Дел серьезных — солить можно, а тут этот велосипед, пропади он пропадом! — обреченно махнул Майк рукой.

Блондинка снова засмеялась:

— Так он уже и пропал! Но вам, конечно, от этого не легче. Старушки — народ настырный, особенно когда дело касается их внуков и внучек.

Майк кисло усмехнулся.

— Вот то-то и оно... Мы даже думали скинуться всем отделом да купить похожий велосипед... — признался агент.

Девушка расхохоталась.

— Ой, не могу! Ну и милиция! Может, вы так и машины ищете? Представляю себе — купить отделом «шестисотый» «Мерседес»,— она вытерла выступившие от смеха слезы.

Через час они расстались друзьями. Девушка пригласила Майка как-нибудь зайти к ней в свободное от поисков велосипеда время. Пообещав, что так и сделает, Майк ушел.

Блондинку звали Юля, и она дала ему свой телефон, предупредив, что по вторникам и пятницам к ней приезжает муж, то есть она недвусмысленно дала Майку понять, что в остальные дни он вполне мог бы его заменить. Через пару дней Майк не замедлил воспользоваться любезным приглашением девушки. Два вечера и две ночи они с Юлей почти не вылезали из постели. Более пылкой женщины он еще не встречал. Юля рассказала ему, что эту квартиру для нее снимал любовник, который, впрочем, был ни на что не способен. Толстяку просто нравилось быть с Юлей, смотреть на нее... и все в таком же духе. Юля получала от него месячное жалованье — пять тысяч долларов, но должна была находиться в этой клетке неотлучно и, разумеется, не встречаться с другими мужчинами. Майк поинтересовался на предмет возможной слежки и «клопов» в квартире. Юля сначала испугалась, но поскольку он продолжал играть роль мента, позволила ему беспрепятственно обшмонать каждый угол, что он сделал профессионально. «Клопов» не оказалось, квартира была «чистая». Юле, по всей видимости, доверяли.

За эти два чудесных дня Майку удалось снять слепок с ключа от входной двери и установить в квартире маленькие баллончики с усыпляющим газом, которые сработают по сигналу с пульта дистанционного управления. Таким образом почву он себе подготовил. Осталось лишь ждать следующего посещения Рыхлым Юлиной квартиры.

27

В понедельник за день до операции Майк поехал в гости к историку. Афанасий Сергеевич в приподнятом настроении. Майк даже слегка удивился такой перемене.

— Не обращайте на меня внимания,— сказал историк, шустро орудуя кофейными принадлежностями.— Послезавтра я вылетаю во Францию, а оттуда — на пять дней в Штаты.

Майк одобрительно кивнул:

— Превосходно! Желаю вам хорошенько развлечься!

— Спасибо,— историк был доволен.— Мой коллега в Париже раскопал интереснейший материал, но уточнить некоторые детали мы можем только в Америке. Нам предстоит побывать в Огайо. В подробности он меня пока не посвящал, но если Руше не на шутку взволнован, то, думаю, он действительно наткнулся на что-то интересное... Руше — профессор, мировая величина! Его предки — выходцы из России, и он всегда безвозмездно помогал нам, когда дело касалось закрытых для нас архивов во Франции. Да и вообще в Европе. Ему небезразлична судьба России, и мы с ним уже давно хорошие друзья.

Майк искренне порадовался за Афанасия Сергеевича — историк в предвкушении работы с «интереснейшими» материалами ни о чем другом говорить не мог. Допоздна просидели за чаем. Как всегда, больше рассказывал Афанасий Сергеевич, а Майк лишь слушал. При прощании историк пообещал Майку сообщить в скором времени потрясающие вещи. Они расстались, довольные проведенным вечером.

* * *

Майк издали наблюдал, как Рыхлого привезли к Юле. Выждав, когда охрана уберется, он вошел в подъезд. Достав из кармана портативный пульт, он произвел необходимые манипуляции. Затем снова вышел на улицу и вернулся на Лиговский к своей машине. Нужно было выждать минут тридцать, пока газ не осядет и не станет безвредным. Противогаз у Майка был, но он не помог бы — газ легко проникал в кровь через поры кожи. Выждав положенное время, Майк поднялся на третий этаж и отпер дверь своим ключом. Все было в полном ажуре. Юля безмятежно спала в кресле, а Рыхлый, раскинув руки, сопел на кровати в распахнутом пиджаке. Майк проверил его пульс. Сердце в норме, сон — глубокий. Достав небольшую коробочку, агент приготовил пару ампул-шприцев. Один укол Рыхлому в руку и через минуту — еще один. Через десять Майк принялся будить толстяка. Тот пребывал в состоянии, схожем с гипнотическим. Теперь он будет слушаться только Майка и отвечать на любые, пусть даже самые нескромные, вопросы. Агент установил рядом с ним диктофон и, обойдя квартиру, еще раз проверил ее специальным прибором, нет ли скрытой от глаз аппаратуры. Все было чисто. Вернувшись в спальню, он устроился поудобней напротив толстяка. Тот сидел, как сомнамбула, глядя перед собой в одну точку. Таким он Майку и был нужен.

— Вы знаете, что мы с вами большие друзья? — спросил агент спокойным, доверительным голосом, проверяя готовность Рыхлого отвечать на вопросы.

— Да, мы друзья...

— Кого вы представляете в этом городе? — задал Майк следующий вопрос.

— Московскую корпорацию «Конвертс».— Голос у Рыхлого был каким-то механическим.

— Чем занимается ваша фирма?

— Оптовые поставки ходового товара, биржи, консультации.

— Помимо этого?

— Оружие.

— Кто поставляет оружие?

— Наши зарубежные партнеры из Тайвани, компания «Экспорт-Импорт» мистера Чана и гонконгская фирма «Пойнт Ред».

В течение двадцати минут Рыхлый отвечал на вопросы Майка четко и по существу. Затем он сделал инъекции толстяку и Юле, нейтрализующие действие газа и его побочные эффекты. Майк ввел витаминный комплекс для поддержания сердечной мышцы, чтобы, не дай бог, голубки не уснули навеки. «Зачистка» здесь в планы не входила. Рассовав по карманам пустые баллончики, Майк уехал. Когда «влюбленные» проснутся, у них будет полное впечатление, что они спали естественным сном и отлично при этом выспались.

* * *

В коттедже Майк прогнал магнитофонную запись разговора через компьютер и переслал ее на адрес, указанный Валерием Константиновичем, присовокупив собственное мнение по данному вопросу: убирать клиента он считал преждевременным. Могли возникнуть серьезные проблемы со стороны его московского руководства. Но если шефам не терпится прикончить толстяка, акция вполне осуществима. Главное дело уже сделано.

Телефонный звонок ночью, как всегда, прозвучал неожиданно.

— Благодарю вас, Майк, за разумную инициативу,— был слышен в динамике довольный голос Валерия Константиновича.— Все складывается как нельзя лучше. Вы поступили совершенно правильно.

— Рад, что вам понравилось,— мрачно пошутил Майк.

Но сбить хорошее настроение шефу было трудно. Он был благодушен и жизнерадостен.

— Есть у вас какие-нибудь соображения относительно Валдая? — спросил он.

На кассете были записаны показания толстяка, и там же было сказано, что в одно из охотничьих хозяйств на Валдайской возвышенности поступали крупные партии оружия. Вопрос шефа Майку был не совсем ясен.

— Я стараюсь не рассматривать варианты, пока нет определенных указаний к их разработке.

— Прекрасно! Включите компьютер.— Босс положил трубку.

Майк выбрался из кровати и врубил долбаную машину. Там было послание. Он его расшифровал. Предлагаемый вариант действий — это, по сути, полномасштабная война в валдайском лесном районе. Причем вся кутерьма должна лечь исключительно на плечи Майка. Вероятно, шефы полагали, что он один способен заменить пусть весьма небольшой, но действенный партизанский отряд. Или они теперь задумали от него избавиться? На Валдае? Другие варианты этого задания как-то не лезли в голову. Дело было не из простых. Каждый месяц из Санкт-Петербургского порта поступало на перевалочную базу до пяти контейнеров с оружием. Цифры, названные толстяком, ошеломляли. В России и своего оружия хватало, но ведь импортное, пришедшее контрабандой через третьи страны без идентификации отправителя, учету не подлежало. Все ясно? К тому же с оружием, которое так легко могло проходить у нас границу и таможню, наверняка шел и наркотик.

Граница... Ха! Майк мог себе представить, что контрабандой провозят один морской шестидесятифутовый контейнер, но больше... Вашу мать! Работают же коммерсанты!.. Похоже, в России пределов для коррупции вообще не существует. Иначе как тогда было пояснить свободное перемещение грузов?

* * *

Валдайская возвышенность находилась на северо-западной части Средне-Русской равнины и являлась водоразделом верховьев Волги, Западной Двины и рек бассейна озера Ильмень. Высота над уровнем моря на горе Каменник была до 321 метра. Цель Майка — в районе Осташковской гряды, к которой примыкали верхневолжские озера и озеро Селигер. Природа там изумительная — Валдай считался заповедником.

В течение следующего дня Майк подготавливал джип к дороге. Валерий Константинович переслал Майку исчерпывающую информацию по интересующему его охотохозяйству и подробнейшую карту местности. Спасибо дяденьке — позаботился. Лучше бы прислал парочку серьезных парней!

28

Майк выехал с утра пораньше и двинулся не через Новгород, а через Лугу. Он считал, что незачем ему светиться на прямой трассе к Валдаю. У Николаево он свернул на Шимск и Коростынь и через триста с небольшим километров сделал остановку в Старой Руссе. Сейчас полдень и можно пока не спешить. Осталась сотня километров до Демянска. Туда желательно прибыть ближе к вечеру. Майк нашел более-менее приличное кафе и заказал себе плотный завтрак. Погода отличная — солнечно и даже жарко. Плохо то, что в подобных кафешках до сих пор нет кондиционеров. Посему Майк поспешил побыстрее покончить с едой и выбраться из духоты на воздух. Рядом с «Паджеро» Майка припарковалась белая «девятка». Трое крепких на вид парней в белых футболках, выпущенных поверх летних брюк, перекуривали, поплевывая на землю. Майк подошел к джипу.

— Эй, парень!

Майк обернулся и молча ждал продолжения.

— Из Питера? — спросил здоровяк с приплюснутым носом.

— Что нужно? — спросил агент, даже не стараясь быть приветливым.

Он видел, что парни были готовы затеять ссору. Им здесь, в провинции, наверное, очень скучно. А по номеру его машины и так видно, что пришла она из Санкт-Петербурга.

— А чего рычишь-то сразу? — недобро усмехнулся парень, отклеиваясь от капота «Жигулей» и вразвалочку идя в сторону Майка, глубоко при этом затягиваясь сигаретой.

— Короче, парни, в чем дело? — спросил Майк, открывая дверцу джипа и забираясь на водительское сиденье.

Перебитый Нос не спеша подошел к его машине.

— Да вот пообщаться хотели... А ты торопишься, спешишь,— нагло усмехнувшись, он потушил окурок о внутреннюю обивку дверцы джипа.

Дружки наглеца ухмыльнулись, одобряя лихие действия своего корешка. Мальчики совершенно необоснованно считали, что им здесь все позволено. Они, очень похоже, еще ни разу серьезно не попадали в хорошие заварушки. Сами того не подозревая, парни нарывались на крупные неприятности. Собственно, почему бы агенту и не размяться? Времени достаточно. Он закурил сигарету и ласково посмотрел на застывшего в ожидании ответных действий наглеца.

— Зря ты, парень, так поступаешь,— сказал негромко Майк.— Тушить окурки нужно в другом месте.

Крепыш презрительно оскалился. По его представлениям, тест на крутость Майк не прошел. Что ж, сейчас агент посмотрит, как пройдут эти мальчики его тесты.

— Вылазь... Побазарим... — процедил сквозь зубы бычок тоном, не терпящим возражений.

— Лады. Пепельницей будешь? — серьезно спросил Майк.

— Чё?! — не дошел до парня вопрос.

Быстрым движением агент потушил сигарету, воткнув ее в нос придурку.

— Ой, бля!!! — завопил тот, отскочив от машины и схватившись обеими руками за лицо.

Майк же не спеша выбрался из джипа. Приятели потерпевшего уже резво стартанули, подскочив к нему. Самого проворного из них Майк встретил серией коротких ударов по груди, ключицам и голове. Такой техники боя, он мог поспорить, мальчики еще не видели даже в кино, поэтому парень мешком осел у ног Майка.

Третьего агент остановил ударом левой стопы в колено и в повороте правой ногой отбросил его на капот их же «девятки». Дышать полной грудью мальчик сможет, но не скоро. Ребра ему придется подлечить.

«Пепельница», узрев поражение своей команды, стоял в растерянности. Увечить его настроения у Майка не было, поэтому ребром ладони он просто отправил парня покемарить на солнышке рядом с товарищами по несчастью. Несчастье же всей троицы заключалось в отсутствии хотя бы минимального количества серого вещества в их каменных черепушках.

Из окон кафешки на происходящее глазели посетители и весь обслуживающий персонал. Да и прохожие с не меньшим интересом наблюдали, как Майк учил молодняк уму-разуму. Короче, зрителей это шоу собрало достаточно — пора было агенту сваливать, да побыстрее, пока не появились блюстители порядка. Те бы зрительской ролью не ограничились, они всегда и сами не прочь поучаствовать. Майку же резвиться здесь было уже некогда, поэтому он быстрее вырулил из города в сторону Рамушева.

У моста через Ловать агент, испытывая сильное желание искупаться, вывел джип к воде. Метрах в двадцати от него расположилась стайка малолеток, прикатившись на реку на велосипедах. Вода была отменная — теплая, но освежающая. Майк с удовольствием поплавал минут десять, выкладываясь как на соревнованиях. Наплававшись и нанырявшись, он вышел на берег и упал на горячий мелкий белый песок. Закрыв глаза, он подставил солнышку грудь и лицо. Эх, выбраться бы с Ольгой на недельку в эти места! С палаткой, удочками... Лучшего отдыха, наверное, и не придумаешь. Майк никогда не мог понять туристов, штурмующих Канары, Багамы и прочую экзотику. Разок и туда глазели слетать для общего развития, но все же свою русскую природу никакие пальмы и мулатки не заменят. Впрочем, мулаточка и здесь бы смотрелась неплохо, особенно если...

— Дядь, дай спичек!

Майк открыл глаза и, щурясь от солнца, посмотрел на просителя в плавках. Парнишка был еще совсем юн, но довольно крепкого сложения. Он был не один, с ним — две симпатичные девчонки. Класс восьмой, наверное, закончили.

— Курить вредно,— подал Майк мудрый совет.

— Да мы не курим! Нам костер разжечь! Хотите с нами? Картошки напечем,— пригласил парень принять участие в пикнике.

А ведь действительно, сколько лет Майк не пробовал печеной на углях картошки! Даже и не вспомнить сразу!

— А не жалко? — улыбнулся агент, приподнявшись на локте.

— Нет, конечно! — рассмеялась девушка в розовом купальнике.— Правда, давайте с нами!

Майк загнал джип в тень деревьев и присоединился к своим новым знакомым. Сообща развели костер. Двое парней и четверо девчонок. Жили они все в Рамушеве и действительно закончили в этом году восьмой класс. Майк не ошибся.

— А что, Дим, раки здесь есть? — спросил Майк у спортивного парнишки, просившего спички.

Девушка в розовом купальнике была его сестрой. Алена. К ее подружке Кате Дима был явно неравнодушен. Димин приятель, не по годам серьезный мальчишка, почти не принимал участия в разговоре, лишь изредка вставлял лаконичные реплики.

— Осенью будут,— авторитетно заверил Дима.— Вы к нам в августе приезжайте, мы по два ведра зараз ловим.

Близняшки Тоня и Соня рассказали Майку о своем поселке и за двадцать минут успели выложить все рамушевские сплетни за год. Только через четыре часа Майк смог распрощаться с ребятами. Довольно быстро и без приключений он добрался до Демянска.

29

Отыскав приличную дорогу, агент порулил к озеру Велье. Туристов здесь — просто тьма. Сверившись с картой и взяв ориентиры, он отправился к северо-восточной части водоема. Найдя укромное местечко, он остановился. Необходимо было переодеться, достать все нужное из оружия. Заявляться в охотохозяйство под видом охотника было глупо — не сезон. Да и смысла светиться не было. Всех, кто там будет, не «зачистишь», тем более что половина персонала просто не в курсе, что туда привозят и где это хранится. На территории базы разместилась некая контора по перевозкам. К персоналу базы типы из нее отношения не имели. А вот Майку как раз они были и нужны. Можно было бы заявиться под видом туриста, но турист на базе отдыха без женщины и даже без собутыльников — нечто по меньшей мере странное. Такой вариант не подходил.

По словам Рыхлого, база и склад неплохо охранялись, но особенных наворотов не имели. Внутри склада постоянно дежурили четыре охранника, вооруженные до зубов. Были собаки. Могли быть и усиленные наряды охраны, до двенадцати человек. Действовать Майк был намерен следующим образом: сначала он должен был нейтрализовать охрану, а потом от ее имени связаться с главным из их руководства, то бишь с посредником. Посреднику нужно было сообщить, что якобы приехали некие люди от Рената и желали бы получить свою часть груза — расчет притащили наличкой. Посредник передаст слова Майка дальше по инстанции. После этого на базу должен будет явиться представитель конторы. Разумеется, настоящий хозяин не приедет. Тот сидит в тени, и никто из обычных представителей его не знает, даже Рыхлый. Задача Майка взять типа, который прикатит сюда. Надо было, чтобы на складе в это время находилось что-нибудь из груза. Если там будет пусто, на встречу никто не поедет и операция будет провалена. А этого допустить никак нельзя. Рыхлый, впрочем, утверждал «под наркозом», что как раз недавно на склад поступила партия оружия. Ладно, Майк разберется на месте.

Скоро стемнеет. Агент переоделся в темный комбинезон со множеством нужных карманчиков, вооружился. Взял с собой парочку гранат «эргэдэ», австрийский Глок-18 с переключателем автоматического ведения огня и запасом обойм по тридцать три патрона в каждой. Итальянский девятимиллиметровый пистолет-пулемет «спектр» с четырехрядным магазином на пятьдесят патронов, глушителем и лазерным целеуказателем, набор метательных ножей, компактную аптечку и головной прибор ночного видения.

Майк подогнал джип по лесной дороге до границы охотничьего хозяйства. Надев маску, спрятал машину в кустарнике подальше от дороги. Темнота наступила внезапно. В этих местах белых ночей не бывает. Некоторое время агент шел вдоль дороги, разбитой гусеничным трактором. Луны не было — все небо затянули тучи. Если начнется дождь, Майку это будет только на руку. Включив ПНВ, он выбрал тропинку и по карте двинулся в направлении склада. Идти пришлось долго. Гафрированная стена склада выросла из-за деревьев неожиданно. Хлипкий проволочный забор для агента не был преградой. Из кармана-чехольчика Майк достал небольшой двуствольный пистолет, предназначенный для борьбы с собаками. Пистолет стрелял безобидными ампулами со снотворным. Он мог быть использован и против людей, но тут уже все зависит от обстоятельств.

Майк еще раз проверил, как на нем закреплено вооружение, и, убедившись, что все путем, перемахнул через ограду. Немецкую овчарку он заметил сразу, как только оказался у стены ангара. Псина оказалась на редкость умной. Она молча оценила Майка как возможного серьезного противника и сделала вид, что он ей не очень-то и интересен. Редкий экземпляр служебной собаки. Решила выждать и напасть неожиданно. Но такого удовольствия Майк ей не доставит. Два тихих хлопка, и овчарка повалилась на траву. Пусть покемарит. Снотворное очень сильное, но безвредное.

Агент собрался перезарядить пистолет. Вытащил из карманчика ампулы, осмотрелся по сторонам. Телекамер не было. Хозяева склада, похоже, народ излишне самоуверенный. Даже освещение к задней стене не подведено. Пара-тройка фонарей горели только у входа. Внезапно агент услышал шорох за спиной. В падении на бок с переворотом на спину он увидел простертую в полете еще одну овчарку. Перезарядить пистолет он не успел и поэтому, уронив пушку, встретил пса ударом кулака. Тот повалился замертво. Присев рядом, коротким движением руки агент сломал псу шейные позвонки. Жаль собаку, но другого выхода не было.

Пока все было тихо. Псы, натасканные на боевую работу, не лаяли, и Майк тоже вел себя вполне скромно. Он хотел бы взглянуть на хозяина этих собак, уж очень специфическое обучение они прошли. Майк поднялся и спрятал пистолет в карман.

* * *

Агент прошел к главному входу в ангар и осторожно выглянул из-за угла. Так и есть. Над главным входом — яркая неоновая лампочка, а рядом — следящая камера. Майк тихо отступил к забору. Прокравшись вдоль него метров на тридцать вперед, он пересек подъездную дорогу и ушел в глубину территории. Ангар отсюда был не виден, он находился за холмом. Небольшой лесок на территории, прилегающей к складу, сохранили как будто специально для желающих совершать диверсионные акции. Правда, кустарника здесь не было, и высокие молодые сосны росли довольно далеко друг от друга, но при перемещении иметь возможность прикрываться стволами деревьев — это уже большой плюс и хороший шанс уцелеть.

По левую руку на спуске с холма видны небольшие бревенчатые постройки, но Майку они не нужны. Ползком, стараясь держаться в тени деревьев, он вернулся к ангару. Что Майка всегда умиляло в проведении подобного рода мероприятий — так это условия, в которых несли службу охранники. Как бы отменно они ни были оснащены технически, в сортир им приходилось бегать на улицу. Так называемые удобства — во дворе... Агент подобрался к клозету сзади и, убедившись на слух, что внутри никого нет, потихоньку вынул из задней стенки несколько досок. Теперь, если понадобится, он сможет проникнуть внутрь туалета. Затем он отступил от сортира метров на пять, так как внутри этого вонючего сооружения Майк караулить был не намерен. От склада до сортира — метров двадцать, и пока желающий облегчиться сюда доберется, Майк успеет занять боевую позицию.

Время тянулось чертовски медленно. В таком деле умение ждать — залог успеха. Ждать Майк умел. Лишь по истечении двух часов дверца в воротах ангара со скрипом открылась, и на улицу вышел один из охранников. За ним тут же появился и второй. Похоже, парни неплохо нагрузились — оба без курток и походка нетвердая. Парнишки выглядели крепкими, на них — камуфлированные штаны и десантные сапоги на шнуровках. Тельники на мощных торсах, и на поясе у каждого — кобура с пистолетом Макарова. Паршиво будет, если они просто отольют за углом.

— Веста! Шериф! — гаркнул один из парней, призывая собак.

Он расстегнул ширинку и встал у стены ангара.

— Заразы! Опять где-то носятся! — пробасил второй, озираясь.— Пойти, что ли, облегчиться? — размышлял он вслух.

Вот это его намерение Майк полностью поддерживал. Давно пора, черт вас возьми!

— Веста! Сучка позорная! — орал в лес орошающий стену.— Ну, бля, я вам устрою!

— Ладно, схожу-ка я на толчок, подумаю... — подытожил свои размышления басистый и хлопнул себя по шее.— Нужно было куртку надеть, а то комарье зажрет.

Комаров действительно были тучи — метрах в ста отсюда находилось небольшое озеро.

— Ты давай только быстрее,— сказал ему приятель, застегиваясь и отходя от стены.— Без тебя карту сдавать не будем... — предупредил он.

Оба зашли в ангар. Через минуту басистый появился снова уже в камуфляжной куртке на плечах. За время его отсутствия Майк успел пробраться в туалет. Сортир был небольшой, на два очка, но, чтобы встать сбоку от дверей, места хватало.

— Шериф! — орал басистый, подзывая овчарку.— Ко мне!

Подождав с полминуты, он сплюнул и пошел к туалету.

— Вот твари! Учи их не учи, все одно — как волки, в лес смотрят! — бурчал он, открывая дверь.

30

Парень уже сделал шаг внутрь, когда заподозрил неладное. Поздно. Рывком Майк зашвырнул его внутрь, одновременно ударом открытой ладони рубанул по височной кости. Охранник упал на колени. Дверь за ним захлопнулась. Майк пережал парню сонную артерию. Для верности. Затем стащил с него куртку и штаны, предварительно выкинув ПМ в очко. Сквозь щели он посмотрел на освещенный вход в ангар. На переодевание ушло время. Пока Майк надевал камуфлированные штаны, в дверях ангара появился третий охранник. Этого парнишку он еще не видел. Тот был в том же прикиде, что и остальные. Парень отливал у стены склада и, застегиваясь, смотрел в сторону туалета.

— Генка! — орал он пьяным голосом.— Ну че ты там?

— Щас!..— ответил Майк резко и невнятно, чтобы парень не понял, кто с ним говорит.

— Ну давай быстрее! — торопил охранник и ушел внутрь, сплевывая у порога.

Надев куртку, Майк застегнул ее только на одну пуговицу посредине — так, чтобы можно было рывком выхватить автомат. Вот и чудненько, теперь агент был готов.

* * *

Пригнув голову, чтобы в телекамере не было видна лица, Майк вошел в склад. Справа светилось окно будки охранников. В глубине ангара он различил несколько прицепов с морскими контейнерами. Майк влетел в будку к охранникам. Парни с увлечением сражались в карты. На обшарпанном столе — кучки смятых денег. Два дивана, шкафчик для посуды и столик в углу с электрической плитой и чайником.

Автомат в руках Майка гарантировал ему право решающего голоса. Парни соображали быстро, несмотря на батарею пустых пивных бутылок, и подняли руки над головой.

— Лечь на пол! — спокойно, без напряга в голосе приказал агент.

Медленно, не делая резких движений, они легли ничком, держа руки на стриженых затылках. Приятно было иметь дело с грамотными людьми. Достав наручники, агент пристегнул ребятишек друг к другу. Разоружив, присел на край стола.

— Что в контейнерах? — спросил он.

Слово взял парнишка со шрамом на скуле:

— Ты кто?

— А ты как думаешь? — усмехнулся агент, поднимаясь на ноги.— Сидите тихо,— приказал он и вышел на улицу.

Охранник, которого он вырубил в сортире, еще в себя не пришел и переть его пришлось на своем хребте. Майк пристроил бедолагу к его дружкам. Собака их будет дрыхнуть часа три, не меньше — Майк влепил ей двойную дозу снотворного.

— Так что же в контейнерах? — повторил он свой вопрос.

— Нам не докладывают... — пробурчал парень со шрамом.

Остальные молчали, понуро свесив головы. Проверив еще раз, надежно ли они закреплены, Майк пошел к контейнерам. Слегка повозившись, открыл один из них. Внутри стояли ящики, на которых было написано «СТЕКЛО». Найдя ломик, Майк взломал крайний. Опилки, плотная промасленная бумага в несколько слоев. А вот и оружие. Майк вытащил из ящика новенький, в густой смазке штурмовой немецкий пистолет-пулемет НК-53 «Хеклер и Кох». Магазин у автомата был под мощный винтовочный патрон 5,56 х 45 мм. Теперь Майк удостоверился, что хозяева этих контейнеров действительно люди серьезные. Он вернулся к охранникам. Они сидели тихо, то есть вели себя очень правильно. Тот, которого агент притащил из сортира, уже оклемался и тоже сидел смирно — друзья, похоже, объяснили ему, в какое дерьмо они вляпались. Правильно, мальчики, лучше вам не рыпаться. Целее будете.

— Где у вас телефон? — спросил агент у охранника со шрамом.

Тот кивнул на тумбу. Майк открыл дверцу, достал аппарат, поставил его на пол.

— Сейчас ты позвонишь,— объяснил он парню со шрамом,— и скажешь, что приехали люди Рената. Хотят забрать свою часть товара.

Майк пристально посмотрел ему в глаза. Тот кивком головы дал ему понять, что согласен. Агент освободил ему левую руку от «браслета». Парень здесь, видимо, был за старшего. Он набрал номер телефона.

— Третий пост вас беспокоит... — сказал он в трубку.— Сюда приехали люди Рената...

Склонившись к трубке, агент слушал, что отвечал абонент.

— Какого черта они таскаются сюда, когда хотят! — рычал голос в динамике.

— Они хотят сейчас забрать свое. Деньги привезли,— спокойно объяснил охранник.

Майк чувствовал, что двойную игру тот не вел, хотя в его словах мог таиться скрытый смысл, понятный начальству и означавший сигнал тревоги.

— Времени они лучшего не нашли? — бурчал голос.— Скажи, что через полчаса буду у вас.

— Передам... — заверил охранник, положил трубку и посмотрел на Майка.

Тот молча кивнул ему, выразив одобрение. Все было сделано верно.

— Сколько может приехать народу? — спросил Майк.

— Человека три вместе с посредником.

— Вооружены?

— Помповики и «макары».

Майк снова пристегнул его к остальным. Он взял один из ПМ и, вынув из обоймы патроны, запихнул оружие в кобуру на поясе парня.

— Приедут — пойдешь встречать,— пояснил ему Майк.

Тот согласно кивнул. Агент никак не мог его понять: то ли он все-таки вел какую-то свою игру, то ли действительно был столь уравновешен по жизни. Ладно, время покажет. Еще раз со всех сторон агент осмотрел прицепы с контейнерами. Сколько же здесь оружия, и какого! Судя по увиденным Майком автоматам, тема прокручивалась более чем серьезная. Майк вернулся в будку охранников и, освободив парню со шрамом руку, разрешил ему покурить и дать затянуться разок-другой приятелям. Налив в кружку воды, агент поставил ее на стол перед ними. На всякий случай он еще раз обыскал своего «помощника» — вдруг у него в кармане завелся патрон к пистолету. Тот по-прежнему вел себя удивительно спокойно, но иногда смотрел на Майка как-то странно. Темная лошадка, одним словом. Агент нутром почуял, что тип этот был опаснее всех остальных вместе взятых. Порода за парнем чувствовалась особая, чем-то сродни породе агента. За парнем был нужен глаз да глаз. Биографию его сейчас выяснять не стоило, да и времени на это не было. Скоро должны прибыть гости.

— А где ваши чертовы мониторы? — спросил парня Майк.

Тот вдруг улыбнулся:

— А нет их ни хрена!.. Всю эту канитель только недавно начали устанавливать и пока до конца не смонтировали. Понты одни.

Майк неодобрительно покачал головой.

— Порядочки у вас...

— Слышь, командир,— обратился к нему один из парней.— Пиво на пузырь давит. Может, дашь отлить?

— Потерпишь,— коротко ответил Майк.

Не хватало еще возиться с ними! Попали — значит попали. Думать нужно было раньше.

— Кажись, едут,— сказал парень со шрамом.

Майк тоже услыхал далекий звук автомобильного двигателя. Скорее всего, это была машина отечественного производства. Похоже на уазик. Снова Майк отстегнул своего «помощника» и кивнул ему на дверь ангара. Растирая запястье, тот пошел к выходу. Майк держался от него на расстоянии метров трех. Открыв дверь, тот остановился на пороге в ожидании гостей. Гул двигателя слышался уже совсем рядом, за холмом. Лучи фар ползли вверх, а затем, перевалив через вершину, к ангару спустился зеленый уазик. Охранник спокойно ждал, пока машина подъедет ко входу. Скрипя тормозными колодками, совдеповский джип остановился. Майк наблюдал в щель между косяком и открытой дверью на прибывших. Первым из машины выпулился крепкий парнишка в ветровке с помповым ружьем в правой руке, левой он открыл заднюю дверцу. Из уазика выбрался низкорослый толстяк в плаще, а вслед за ним — еще один охранник с помповиком. Водитель остался на месте.

— Ну, и где покупатели? — не здороваясь спросил толстяк, сморкаясь в носовой платок.

— Внутри... Пиво пьют... — спокойно ответил парень.

Майк снял маску и ПНВ и вышел из-за двери, закинув автомат за плечо. «Помощник», покосившись на Майка, усмехнулся, но продолжал стоять неподвижно.

Толстяк и его люди настороженно посмотрели на Майка.

— Чего так долго-то? Нам уже ехать надо! — проговорил тот вроде как недовольно.

— Долго! — возмутился толстяк, проходя мимо Майка в ангар.— Не было же на сегодня договоренности! Завтра собирались приехать!

— Обстоятельства... — бросил ему в спину Майк.— Впрочем, сегодня, уже вроде бы как и завтра...

Телохранители толстяка зашли в ангар, и парень со шрамом начал закрывать за ними дверь. Майк навел на прибывших ствол. В глазах толстяка появился испуг. Один из его людей сорвался с места и понесся вдоль стены ангара к темному углу, заставленному ящиками и коробками. Загремела железная дверь — это второй, оттолкнув «помощника», выскочил на улицу. Майк отметил удивленный взгляд водителя: тот, оказывается, уже вылез из кабины и, подняв капот, ковырялся в двигателе.

31

Короткой очередью Майк срезал выскочившего из ангара. Водила мгновенно нырнул за машину, прикрываясь двигателем и колесом. Первый охранник, почти добежав до ящиков, развернулся и прицелился в Майка из помповика. Агент продырявил его пятью выстрелами. Но парень все-таки успел нажать на спуск, правда, картечь прошла выше и далеко в сторону. «Помощник» оказался уже на улице и завладел помповиком второго охранника. Раздался пистолетный выстрел. Потом еще один. И еще. Это водитель, прячась за уазиком, пытался достать Майка, но тот вовремя отскочил под прикрытие ворот и теперь находился в относительной безопасности. Правда, одна из «пээмовских» пуль, словно бумагу, продырявила тонкий металл у самого виска Майка. Он старался не терять из виду «помощника». Тот сидел на корточках у стены напротив агента. Заметив, что Майк держал его на прицеле, усмехнулся. Толстяк же лежал на полу мордой вниз и дергаться и не пытался. Что-то удерживало Майка нажать на курок и избавиться от «помощника».

С улицы в ангар влетело еще несколько пуль. Водитель явно нервничал.

— Дай длинную по машине... — тихо проговорил парень со шрамом.

Возникла пауза. Для того чтобы сделать так, как он просил, Майку пришлось бы повернуться, поверив, что Шрам не влепит ему пулю в затылок, когда тот высунется из укрытия, чтобы очередью по уазику заставить водилу спрятаться. Майку было легче сначала убрать «помощника», а потом уже подкинуть под уазик «эргэдэху». Один черт, шум уже подняли на всю округу! «Помощник» снова усмехнулся, видя нерешительность Майка. Помповик он держал лишь левой рукой за цевье.

— Ну же... мать твою!.. Мексика... Пуэрто-Анхель... река Атояк...— вдруг тихо и внятно произнес парень.

Так вот почему Майку показалось, что он либо видел это лицо, либо слышал этот голос. Он улыбнулся, кивнул и упал в сторону открытой двери, поливая УАЗ из автомата. Послышался злобный шепот глушителя и тупые удары пуль, рвущих металлическую обшивку машины. Майк перекатом ушел в сторону от дверного проема. Над ним пролетела тень, и через мгновение с улицы донесся одиночный выстрел из помпового ружья двенадцатого калибра.

— Порядок, командир! — услышал Майк веселый голос «помощника».

Он вышел из ангара. «Помощник», положив помповик на плечо, стоял над телом водителя.

— Порядок — не дышит... — сказал парень, подходя к Майку.

Молча пожали друг другу руки и обнялись. Пинком Майк поднял толстяка с пола и повел в будку охраны. Здесь картина была паршивая. Двоим охранникам разнесло черепа случайными выстрелами картечи, третьего достали шальные пули водителя УАЗа. На столе зазвонил телефон. «Помощник» поднял трубку. Майк автоматом показал толстяку, чтобы тот молча сел на диван.

— Да, Яша, это я,— ответил кому-то «помощник».— Да все путем. Тут наше начальство бухое прикатило, ну и устроили салют... Не... Уже все... Сейчас дожрут, что осталось, и больше не бойцы... Лады... Ну, пока. Счастливо,— положив трубку, он подмигнул Майку.— На базе беспокоятся, что за стрельба. Хотели приехать...

Агент кивнул. Затем он подошел к толстяку. Тот, бледный и мокрый от пота, смотрел на агента круглыми от ужаса глазами, боясь опустить взгляд на пол. Его можно было понять — крови с убитых натекло больше, чем нужно, и запашок в будке стоял паршивенький, ибо у одного трупа пулями был разворочен живот. Внезапно у толстого проснулся рвотный рефлекс. Майк переждал, когда тот извергнет ужин и, взяв толстяка за воротник куртки, вышвырнул из дежурки. Тот, словно куль, шмякнулся на бетонный пол ангара и некоторое время лежал неподвижно, только громко икал. Майк взял чайник и, налив в чистую кружку воды, отнес толстяку. Тот, сидя на полу, жадно выпил. «Помощник» между тем, открыв ворота, затаскивал в ангар тела водителя и охранника. Майк же ждал, пока толстяк окончательно придет в себя.

Двигатель уазика завелся, чему он был весьма удивлен. Майк был уверен, что этот шарабан после его очереди с места больше не тронется. «Помощник» загнал автомобиль в ангар, закрыл ворота и запер дверь. Майк подошел к толстяку и, присев рядом с ним на корточки, поднес к его носу ствол автомата, чтобы тот почувствовал кислый запах сгоревшего пороха. Похоже, на толстяка сильно давить не придется.

— Давай, дядя, сразу договоримся: ты рассказываешь быстро и четко — кто, когда, кому,— приказал агент толстяку.— Адреса, связь, фамилии...

Толстый раскололся моментально. Он начал говорить так быстро, что Майку пришлось его притормозить. Он поставил перед ним диктофон и лишь после этого разрешил «исповедываться». Вся процедура, включая перелистывание записной книжки, заняла около двадцати минут. Закончив допрос, Майк отвел толстяка к одному из прицепов и приковал его к контейнеру, пропустив кольцо наручника через стальную проушину.

— Сиди тихо. Учти, мы рядом,— предупредил его он.— Мы ждем, когда подъедут наши, а ты веди себя прилично. Понял?

Толстый усердно кивнул головой, выказывая таким образом полное понимание.

— Я буду вести себя очень тихо. Обещаю! — поклялся он.

— Молодец. Отдыхай,— потрепал его Майк по рыхлой щеке.

Затем они вышли с «помощником» из ангара. Тот запер дверь и положил ключ туда, куда Майк ему показал. Из темноты появилась овчарка, но это было не страшно — вела она себя, как пьяный в хлам грузчик, мотаясь из стороны в сторону на дрожащих лапах.

— Шериф! — обрадовался его появлению «помощник» и вопросительно посмотрел на Майка.

Тот кивнул.

— Псина под наркозом. А Весту пришлось...

«Помощник» подошел к собаке. Пес, тихо поскуливая, пытался сесть, но завалился на бок. Внушала уважение стойкость собаки, которая должна была бы спать еще часа два, не меньше. Услышав сквозь сон выстрелы, пес, повинуясь чувству долга, пришел-таки на помощь своему хозяину. Майку было искренне жаль, что пришлось убить подругу этого славного пса, но тогда не было выбора.

— Куда идти? — спросил «помощник», поддерживая на ладони голову овчарки и поглаживая ее между ушей.

Майк кивнул в сторону леса.

— У меня машина в двух километрах отсюда.

«Шрам» взвалил на себя собаку. Майк пошел впереди к забору. До джипа добрались быстро, неся пса по очереди. Овчарка снова вырубилась и спала. Спутник Майка и его пес устроились на заднем сиденье, а агент, быстро убрав по тайникам оружие и шмотки, вывел машину на дорогу. Теперь было необходимо шустро добраться до Старой Руссы. А также нужно было связываться с Питером. Пока Майк обдумывал свои дела, Шрам не тревожил его вопросами. Время для этого еще найдется.

32

На связь агент вышел уже в Старой Руссе и дозвонился до нужного ему абонента. Он сообщил, что все в порядке, и объяснил, как найти ключ от «дома». После звонка миссия на Валдае оказалась законченной. От него требовалось лишь вскрыть коробочку. Остальное доделают другие.

— Где ты живешь? — спросил Майк Шрама.

Его собака потихонечку начала приходить в себя, слабо шевелясь на сиденье.

— Жил... — поправил он.— У меня была комната в коттедже на базе, которую выделили вместо общежития.

Выехали из города и по дороге купили еды для себя и собаки. Ночь была теплая, поэтому устроились пожевать на природе недалеко от кромки леса. Собака все еще была слаба, и Шрам уложил ее на траву рядом с собой.

— Как ты умудрился оказаться в этой компании? — спросил Майк, разворачивая пакет со снедью.

— Да как сказать... — начал вспоминать Шрам.— После той операции в Мексике я еще три года работал в своей группе. Потом было несколько серьезных проколов на операциях, которые курировал Кремль. Срывы произошли не по нашей вине, но, как сам знаешь, начальство всегда право.

Майк кивнул, что все понимает.

— Я в тех операциях был старшим в группе,— продолжил Шрам,— и, разумеется, на меня свалились все шишки.

Он не спеша жевал бутерброд, запивая его минералкой.

— В общем, понизили в должности, посадили на аналитическую работу, а потом потихоньку подвели под сокращение. Через год я оказался без дома и без работы. Вот так.

Подобные истории агенту были до боли знакомы. Так в России всегда относились к лучшим кадрам...

— Ну а как ты? Все в той же системе?

Майк пожал плечами.

— У меня все было несколько проще... — сказал он,— но бывало по-всякому.

Шрам сочувственно вздохнул.

— Не позавидуешь тебе, но, впрочем, сам бы я продолжил работать так же. Этого, нашего чертового дела, чертовски не хватает... Ну а сам-то как себя ощущаешь?

— А черт его знает... Теперь вроде того китайского болванчика — там покивал, тут пострелял. Жить-то надо...

«Помощник» почистил яйца, нарезал хлеб.

— Можно прибиться куда-нибудь в охранную структуру или инструктором... — размышлял он вслух.

— Можно,— согласился Майк.— Да только какая разница, все равно на таких же и работать...

— Это точно,— усмехнулся Шрам.— Может, у тебя и для меня работа найдется? Я ведь вроде как снова не при делах. Мы с Шерифом можем на что-то сгодиться.

— Собаку сам учил? — спросил Майк, ибо пес действительно произвел на него впечатление.

— Сам,— кивнул он, поглаживая спящего пса по спине.— Весту жалко...

— Извини, иначе не мог...

— Да я понимаю. Сам поступил бы так же на твоем месте. Может быть, и обеих псин не оставил бы в живых за спиной. Тут все ясно. Слушай, а тебя как на самом деле зовут?

Вопрос был, конечно, по делу. Во время совместных действий их отрядов по уничтожению террористической группировки в Мексике они знали друг друга только по боевым кличкам.

— Вообще-то Майк,— рассмеялся агент.

— Жора,— сказал Шрам и тоже рассмеялся.

Они снова пожали друг другу руки, как бы заново знакомясь.

За разговором просидели до рассвета. Пес Жоры, выспавшись, накинулся на еду, показывая в прямом смысле этого слова зверский аппетит. Накормив и напоив собаку, тронулись в путь. Жора познакомил Майка с Шерифом. Пес сначала отнесся к агенту с недоверием, но потом признал в нем «своего».

* * *

В Питер они приехали к началу рабочего дня и сразу же укатили в одно из квартирных агентств, через которое сняли для Жоры дом за городом. На все эти дела ушло три часа. Оставив приятеля обживать дом, Майк поехал в коттедж Валерия Константиновича. Отчет о проделанной работе задерживать было не принято, а в данном случае просто категорически не рекомендовалось. Майк с удивлением заметил рядом с коттеджем машину мафиози. Что это он с утра пораньше? Припарковав джип бок о бок с темно-синем БМВ, Майк вошел в дом. Валерий Константинович с бокалом сухого вина в руке, поднимаясь с кресла, встретил его. Лицо у него было серьезное. Пожали друг другу руки.

— Рад вас видеть, Майк,— проговорил он приветливо.— Вы отлично справились с заданием.

Агент скромно промолчал.

— Вы получили показания от Карцева?

— ...?

— Ах, да! Простите, Майк, ведь вы не в курсе, и уверен, не интересовались фамилией допрашиваемого.

Теперь агент понимал, что речь шла о толстяке, которого он приковал к прицепу.

— Я понял, о ком вы говорите,— успокоил Майк мафиози.— Он действительно кое-что рассказал мне, но наверняка еще больше узнали от него ваши люди после моего отъезда.

— Присядем,— показал мафиози на кресла.— Хотите вина?

— Спасибо, я выпью минеральной,— отказался от спиртного Майк.

Агенту сейчас хотелось отдохнуть и выспаться, но, судя по тому, как этот чертов Аль Капоне удобно устроился в кресле, придется терпеть его присутствие, пока он сам не соизволит убраться. Майк налил себе в бокал «боржоми». Валерий Константинович закурил и пододвинул пачку сигарет Майку. Тот взял сигарету и, прикурив, откинулся в кресле, ожидая, что ему скажут. На самом деле Майк бы с удовольствием пристрелил засранца, но пока приходилось его терпеть.

— Из разговора с Карцевым вы, конечно, узнали много нового для себя из жизни нашего морского торгового порта...

Валерий Константинович пристально посмотрел Майку в глаза и глубоко затянулся, выпустив дым тонкой струйкой.

Что ему ответить? Узнал агент действительно много, но пока не мог в полной мере оценить полученную информацию о людях, которые до этого времени не были ему известны даже по именам. Век бы их не знать, но раз пошла такая пьянка...

— Мне это знакомо в заочном варианте и ничего ровным счетом не дает,— ответил агент почти искренне.— Говорите прямо, что я должен делать.

— Хм... — мафиози не ожидал, что Майк, как юный пионер, всегда был готов к новым подвигам.— Ну что ж, перейдем к делу. Скажите, тот человек в ангаре не упоминал фамилию — Гривцов?

Майк кивнул.

— Так вот,— Валерий Константинович затушил окурок в пепельнице,— нам бы хотелось, чтобы этот человек больше не жил. Ему уже давно пора присоединиться к своим предкам.

Конкретней некуда. Агент пожал плечами.

— Это моя работа?.. Или вас интересует мое мнение по этому поводу? — спросил он.

Валерий Константинович улыбнулся уголками губ, но глаза у него остались холодными.

— Если у вас, Майк, имеются на этот счет какие-то соображения, ради Бога, поделитесь,— сказал он безразличным тоном.

Чувствовалось, что соображения Майка его нисколько не колышут. Но агенту чертовски захотелось поддеть его, и он это сделал.

— Свое мнение я выскажу, когда получу информацию по клиенту,— включил Майк обратку.

Злить мафиози раньше времени не стоило.

— Хорошо... — Валерий Константинович хлопнул ладонью по подлокотнику кресла и упруго поднялся на ноги.— Вот вам информация. Отдохните и приступайте к работе,— сказал он и положил на стол дискету.— Не сомневаюсь, что вы превосходно справитесь и с этой задачей.

Майк молча кивнул и встал, чтобы проводить его до машины.

— Но учтите, что у нас очень мало времени,— сказал мафиози, усаживаясь за руль.— Три дня на все про все.

Времени действительно мало. Что-то они торопятся.

— Сделаю все в лучшем виде,— успокоил агент Валерия Константиновича.

— Надеемся на это... — кивнул тот, включил двигатель и уехал.

Майк вернулся в коттедж. Или у шефа сегодня просто паршивое настроение, или работать с ним Майку осталось недолго. А может, шефу с агентом? Как бы там ни было, расслабиться Майку не давали.

Просмотрев информацию по Гривцову, он пришел к выводу, что ликвидировать его будет довольно легко, хотя на этот раз сведений об образе жизни клиента было немного. Известно лишь, где он жил и по какому маршруту ездил в офис. Все это наводило на определенные размышления. Кто же такой этот таинственный Гривцов?..

Спать агенту расхотелось. Он сел в джип и порулил в город. Но не успел он проехать и ста метров, как ему на «хвост» села красная «девятка». Это было уже что-то новенькое. Видимо, операции на Валдае придали большое значение, и шефы агента опасались, не узнал ли он ненароком что-нибудь такое, что, по их мнению, знать не положено. Теперь Майка, скорее всего, будут постоянно пасти, а в недалеком будущем, вероятнее всего, постараются убрать. Вот такие игры ему нравятся! Майк любил, когда адреналин в крови превышал содержание самой крови...

33

Магнитную ленту с записью откровений толстяка в ангаре Майк решил придержать для себя. От шефов не убудет.

Что такое! Гаишник приказывал Майку остановиться. Он затормозил. Проверка документов на КПП у въезда в город. «Девятка» же проехала беспрепятственно и скрылась за поворотом. Майк не сомневался, что тип в «Жигулях» будет ждать его где-нибудь впереди. Приготовив документы, он ждал, когда подойдет инспектор. На стационарном посту ГАИ полно народу — в помощь гаишникам были приданы силы ОМОНа, и шел повальный обыск проезжающих автомобилей.

— Старший лейтенант Пономарев,— представился инспектор, заглянув в открытое окно джипа Майка.

Тот протянул ему документы.

— Выйдите, пожалуйста, из машины и приготовьте ее к осмотру,— приказал старлей казенным голосом, даже не взглянув на бумаги Майка.

Трудно было понять, как можно, выйдя из машины, приготовить ее к осмотру. Разве что мент имел в виду, чтобы хозяин отвалил подальше от обыскиваемой тачки... К джипу подвалили трое вооруженных омоновцев. Майк выбрался из машины.

— Огнестрельное, газовое, холодное оружие при себе имеете? — спросил подошедший к Майку пятнистый детина с погонами капитана.

— Не имею,— неприветливо ответил Майк.

Парни в пятнистых камуфляжах полезли в джип. Капитан прощупывал на Майке одежду — искал оружие. Естественно, у того при себе ничего лишнего не было, и документы в порядке — на имя какого-то нормального законопослушного гражданина Российской Федерации, тихо и мирно проживающего в городе Питере. В полицейских ориентировках тот точно не значился. Майк мог быть на этот счет спокоен. Гаишник передал документы омоновцу, а сам отошел в сторону КПП. Капитан не спеша разбирался в бумагах.

— Здравствуйте, Сергей! — услышал Майк веселый женский голос.

Он обернулся и тут проклял все на свете. Из новенького «Опеля-вектры» выбралась Юля собственной персоной, расфуфыренная в пух и прах. Омоновец вскинулся и бросил на Майка удивленный взгляд. По документам, что были у него в руках, тот значился как Александр. Вот это называется, приплыли, бля!

— Не выдавай! — заговорчески прошептал агент капитану и радостно улыбнулся Юле.— Вот так встреча! — развел он руками.— Ты уже из дома выбираешься? — он был готов сейчас свернуть ей шею от нахлынувших чувств.

Омоновец внимательно следил за ними, опустив как бы невзначай правую руку на цевье коротkoствольного автомата. Подбежав, Юля встала на цыпочки и поцеловала Майка в щеку.

— Что вы не заходите, капитан? — обиженно произнесла она.

Ох уж эти женщины! Всегда они появляются не вовремя и говорят не то, что следует.

— Я был занят, Юля,— сказал Майк, дотрагиваясь до ее плеча.

— Вы здесь дежурите? — спросила она, кивая на прислушивающегося к их разговору омоновца.

— Нет, меня так же, как говорится, на общих основаниях, проверяют.

Юля удивленно подняла брови.

— Вас?! — она поджала губки и презрительно посмотрела на насторожившегося омоновца.— Так ведь Сергей тоже капитан милиции! — удивленно сказала она пятнистому, кивая на Майка.— Я думала, коллеги не пристают друг к другу с проверками.

Сделав знак своим людям, капитан подошел к Майку. Двое его парней уже перекрыли путь к отступлению.

— Будьте добры, девушка,— вежливо сказал ей старший омоновец,— отойдите к своей машине. С капитаном у нас будет серьезный разговор... — он хмуро посмотрел на Майка и спрятал документы в свой карман.

Юля посмотрела на них с недоумением.

— Ладно... Только вы, Сергей, позвоните мне вечером. Договорились?

— Договорились, Юлечка. Обязательно позвоню,— ласково ответил ей Майк.

Девушка ушла к своей машине. Майк повернулся к пятнистому.

— Трудновато иметь много любовниц, капитан,— пояснил ему Майк смысл разыгравшейся сцены.

— Разберемся,— бросил тот мрачно и скомандовал: — Идите вперед и не делайте резких движений.

Слышно было, как за спиной сняли с предохранителей автоматы. «Хорошо,— решил Майк.— Посмотрим, какие вы вояки...» Юля отъехала и помахала Майку рукой из салона. Тот ответил ей лучезарной улыбкой. Подставила его девчонка — круче некуда!.. Майк быстро оценил обстановку на контрольном пункте: семь человек гаишников и двенадцать бойцов ОМОНа — даже для него это многовато.

— Послушай, капитан,— сказал Майк.— Ну какая тебе разница, каким именем я назвался девчонке?

— Разберемся,— повторил тот и прошел в дверь «курятника».

Поднялись по лестнице. В просторном помещении — только один дежурный за пультом. Все остальные внизу. Проверка транспорта шла полным ходом — это Майк видел в окно. До дежурного — шагов пять. Бойцы ОМОНа за спиной Майка чуть поотстали. Пора!

Удар капитану в кадык и тут же сальто назад. Еще двумя ударами агент уложил обоих солдат и этим завершил разборку. Дежурный застыл у пульта — «калаш» одного из конвоиров уже был в руках агента. Он добавил каблуком завозившемуся на полу кэпу, посмотрел в окно. Внизу никто ничего не заметил. Все были заняты «стрижкой» машин и их водителей.

— Сиди спокойно! — приказал агент дежурному.

Выдернув у одного из пятнистых из кобуры ПМ, он прихватил также к нему и запасные обоймы. Извлек из кармана старшего мента свои документы. Отпихнул автоматы подальше от лежавших на полу милиционеров. Снял с пояса одного бойца наручники и пристегнул ими дежурного к столу. Подумав, агент забрал второй ПМ, проверил наличие патрона в стволе, снял пистолет с предохранителя и, засунув его за пояс, прикрыл пиджаком. Теперь, когда у Майка было два ствола, взять его было практически невозможно, по крайней мере, живым.

— Если не хочешь, чтобы тут у вас были лишние жертвы, сиди тихо, пока я не уеду,— сказал агент дежурному.

Тот кивнул. Майк не спеша спустился, прошел к джипу. Открывая дверцу, посмотрел наверх —

дежурный из окна не высовывался. Майк забрался в машину и вырулил на трассу. Отъехав от поста метров сто, он надавил на газ, распугав встречные машины своей в высшей степени наглой ездой. Вскоре он увидел поворот на грунтовку. Влетел на улочку, вдоль которой тянулись деревянные дома. Свернув в переулок, затормозил. С трассы донесся вой милицейских сирен. Открыв багажник, Майк достал канистру с соляркой и, не обращая внимания на замершего в изумлении прохожего, начал обливать машину соляркой. Он сорвал с сиденья чехол, поджег и бросил в салон. Достал из-за пояса пистолеты и, прислушавшись к вою милицейских машин, удаляющихся в сторону города, подождал, когда машина разгорится. Прохожего, как только он увидел в руках Майка оружие, словно ветром сдуло. Джип пылал качественно, и Майк быстрым шагом ушел в сторону, противоположную той, откуда приехал.

Во дворе одного дома он увидел то, что ему было нужно. Двое парней оседлали мотоцикл, собираясь выехать на улицу. Майк забежал во двор и рывком сбросил пацана, сидевшего за рулем, на дорожку. Второй соскочил сам и резво отбежал в сторону. Майк прыгнул в седло и, врубив скорость, подорвал за ворота. Пистолет мешал крутить ручку газа. Он засунул его за пояс и погнал, пугая кур и прохожих. Милицейские сирены были уже слышны в поселке. Через десять минут, попетляв по каким-то тропинкам, Майк выехал к железнодорожной станции и бросил мотоцикл в кустах. Убедившись в отсутствии наряда железнодорожной милиции, он прошел на платформу. Присел на край скамеечки рядом с какой-то бабулькой и закурил. Народа на платформе было много, и в толпе дачников затеряться было несложно.

На электричке Майк без приключений приехал в город, благо оставалось всего-то четыре остановки. Поймав такси, он помчался сразу же на квартиру Афанасия Сергеевича. Как только он переступил порог, возникло ощущение опасности — кто-то здесь побывал, и это был явно не Афанасий Сергеевич. Обыск был произведен довольно аккуратно, но все-таки оставленные агентом сигнальные метки были зацеплены злоумышленниками. Возможно, люди Валерия Константиновича делали обычную проверку, но не исключено, что квартира теперь утыкана «клопами» или еще какими-нибудь сюрпризами. В связи с валдайской операцией было возможно все.

Зазвонил телефон. Майк поднял трубку со второго сигнала.

— Майк? — Голос Валерия Константиновича.

— Да.

— У вас что-то произошло? — мафиози был встревожен.

— Все в порядке. Небольшие житейские неприятности,— усмехнулся агент в трубку.

Недолгая пауза.

— Вам нужна помощь? — спросил наконец шеф, и, как показалось Майку, с облегчением.

— Думаю, что нет. Ничего серьезного,— заверил его агент.

— Я рад, что вы полны оптимизма,— хмыкнул мафиози.— Тогда до встречи.

— До свидания,— Майк положил трубку.

То, что за агентом теперь постоянно следили, сомнений не вызывало. Взяв чистое полотенце, Майк направился в ванную комнату. Надо было привести себя в порядок и выспаться. Устал что-то он за последнее время... Дела могут и подождать.

34

Выйдя из дома и покрутившись по прилегающим к Невскому улочкам, Майк обнаружил, что его все-таки пасут. Их было двое. Один топал пешком, второй перемещался на зеленой «восьмерке». Майк прошел дворами мимо капеллы и на набережной выловил частника. Поменяв пару машин, он увидел, что оторвался. Вот и отлично. Десятый час вечера, но еще светило солнце. Белые ночи. Люди гуляли, знакомились, влюблялись, а Майк все так же носился, обвешанный оружием, и те, с кем он знакомился, обычно были не в восторге от встречи с ним. Чуяли, что если им даже и удастся выжить, к услугам докторов придется прибегать до конца жизни.

У метро «Горьковская» агент позвонил из таксофона по номеру, который выучил когда-то очень давно, так что даже черепно-мозговая травма не смогла бы помешать его вспомнить.

— Алло? — ответил женский голос на том конце.

— Добрый. Скажите, Анатолий Семенович все еще болен? — спросил Майк.

Анатолий Семенович болел вот уже лет пятнадцать, и Майк понятия не имел, чем. Да и кто он вообще такой, тоже.

— Уже поправился. А вы привезли из деревни мед?

— Как и просили, настоящий, гречишный. Прошлогоднего сбора.

— Мы вас ждем, спасибо. Как проехать, вы знаете,— сказала женщина.

Агент повесил трубку.

Понятно, что он никогда не увидит обладательницу голоса, потому что даже не знал, где она живет. Вполне возможно, что такие, как Майк, звонили ей каждый день... Его теперь будут ждать в условленном месте. Больше часа Майк провел в метрополитене, меняя ветки и направления, хотя слежки за собой не заметил. Без пятнадцати двенадцать ему открыли дверь в одном из старых домов на Петроградской стороне. Майк быстро прошел в квартиру. Захлопнув за ним дверь и заперев ее, седой солидный мужчина в отлично сшитом сером костюме обернулся к Майку и приветливо улыбнулся. Пожали друг другу руки.

— Рад тебя видеть,— сказал Чайка, отстранясь и с улыбкой разглядывая агента.— Времени прошло немало... — покачал он седой головой.

— Норма... — улыбнулся Майк.— Не так и много.

Чайка весело улыбнулся:

— Это тебе так кажется — немного, а для меня...

— Да будет тебе,— Майк обнял его за мощные плечи.— Ты еще всех нас переживешь!

По длинному коридору почти пустой квартиры прошли в комнату. Квартира служила только для таких вот конспиративных встреч.

— Разумовского... Барса... Помнишь? — грустно спросил Чайка.

— Ну да! Мы же с ним в Гонконге...

— Убили...

Майк замер.

— Как! Барса?!

Чайка молча кивнул. Майк не мог поверить услышанному. Опытнейший полевик, в сравнении с которым рота Джеймсов Бондов показалась бы младшей группой детского сада,— убит!

— Где?

Генерал потянул Майка, как пацана, за рукав в комнату. Прошли, сели в мягкие кресла перед небольшим круглым столом. Налив минеральной воды в высокие стаканы, Степаныч взял заварной чайник и посмотрел на Майка.

— Тебе покрепче?

— Да.

Генерал налил полчашки заварки и добавил кипятка. Пододвинул к Майку сахарницу.

— Ребята работали втроем,— сказал он, задумчиво глядя на Майка, как тот клал сахар в чашку.— В их задачу входило обнаружение и уничтожение штаба полевого отряда Шатуева в Чечне. Двоих, что были с Барсом, ты не знаешь, они из молодых. В общем, когда заварилась каша после уничтожения Шатуева, на парней насел отряд стволов под сотню. А взяли они хорошую добычу: графики, схемы перемещений отрядов контрабандистов и бандитов через перевалы. Бумаги эти нужно было доставить к нам. Одного парнишку ранило. Правда, легко. Барс приказал им уходить, а сам остался прикрывать. Пожалел молодых... Бой завязался нешуточный. Ребята вышли, а Барс — нет. Когда федералы отогнали «духов» в ущелье, насчитали более сорока трупов. Барса не нашли. Скорее всего, шатуевцы уволокли его тело с собой, чтобы поиздеваться хотя бы над мертвым. Они это любят. Живым бы он не дался.

Молча посидели, помянули боевого товарища.

— Слушай,— начал Майк,— сейчас же там еще война... Пусти меня туда!..

— Нет, Майк, у тебя другая работа, не менее важная. Сам знаешь, сколько времени мы готовили эту операцию. А за Барса отомстит Дрозд. Он там уже неделю, и под его началом шесть групп. Они без тебя справятся,— жестко усмехнулся генерал.

Майк пил чай. Если Дрозд, лучший друг Барса, вымолил у генерала командировку к «чехам», да еще с шестью группами лучших спецов по ведению антипартизанской войны элитного отряда спецназа ГРУ — жопа тому району, где шуровали сейчас эти мальчики. За Барса отомстят, насчет этого Майк мог быть спокоен. Хотя и говорят, и пишут, что месть — это не профессионально, ерунда! Майк не знал, как другие конторы, но они всегда мстили за своих людей и будут мстить — чтобы остальным неповадно было, и чтобы каждый из своих точно знал, что в случае чего неотмщенным не останется.

— Как настроение? — вывел Майка из задумчивости генерал.

— Порядок. Работаем...

— Это я уже слышал,— усмехнулся Чайка.— Ты такого шороху навел, что всю милицию поставил на уши. ОМОН твою печень хочет сожрать, ну и так далее по возрастающей... — рассмеялся генерал, доставая сигарету из пачки, лежавшей на столе.

Майк вытащил микрокассету с записями всех важных разговоров за последнее время и отдал ее генералу.

— Это все, что у меня пока есть. И еще. Здесь одного человека встретил. Он с нами в Мексике работал. Из фээсбэшников. Трудности у него, а мужик он серьезный.

— Понял,— кивнул генерал.— Дашь координаты, проверю. Если работает под прикрытием — уберем, если нет — поможем.

Майк поднялся из кресла.

— Ладно. Пора. Меня, наверное, уже потеряли. Пора показаться на глаза.

— Пасут?

— Есть такое дело.

— Опасаешься чего-нибудь? — встревожился генерал, поднимаясь вслед за Майком.

— Трудно сказать... Люди серьезные, сам знаешь.

Генерал был согласен.

— Поэтому ты с ними и работаешь, Майк. Лучше, чем ты, это дело никто не поднимет. Твои «хозяева» — такие твари, что не приведи господи! И в чинах, главное ведь, паскуды! Будь предельно осторожен. Исполнителей они долго не держат... Если что-то почувствуешь, сливайся, прикроем... Связь еще... — генерал подал Майку небольшую коробочку.— Если со стороны что-нибудь узнаем, сообщу.

— Понял, батя. Будем стараться.

Обнялись на прощание. Генерал проводил Майка до дверей.

— Давай, парень, смотри,— если что, уходи сразу. Не дай им себя сожрать,— еще раз попросил агента генерал.

— Легко! — рассмеялся Майк.— Один раз живем!

Генерал устало улыбнулся. Таких, как Майк, у него было больше, чем детишек у учителя в средней школе, и за всех Чайка отвечал, переживал, как за собственных сыновей. Батя, он батя и есть...

— Иди уж... — пробурчал генерал, подталкивая Майка к двери.

Агент вышел, не оглядываясь. Майк мог поспорить на что угодно — генерал его за спиной перекрестил. А ведь говорил обычно, что в Бога не верит...

35

Ольга, увидев Майка, тихо вскрикнула. Она как раз вышла подышать перед сном свежим воздухом и на крыльце носом к носу столкнулась с агентом.

— Майк! — отойдя от испуга, она бросилась ему на шею.

Он, держа девушку в объятиях, целовал ее в мягкие, податливые губы. Дыхание у Оли было легкое, как запах весеннего ландыша.

Полночи они болтали обо всем на свете. У полковника теперь хлопот прибавилось, и в его конторе было много срочных заказов, так что мастерская работала в три смены. Оля тоже была при деле, она — хозяйка трех машинных моек. Правда, все они еще не работали, шел монтаж оборудования. Ольга хотела открыть на этих станциях небольшие магазинчики и кафе. В общем, скоро девушка станет крутой бизнесменшей, вернее, бизнесвуменшей. Ей нравилось ее новое положение.

Вдоволь наговорившись за чаем, прошли в ее комнату. Оля выключила верхний свет и зажгла ночник. Она взяла Майка за руку и усадила рядом с собой на кровать. В ее глазах — решимость, как перед первым прыжком с парашютом. Кровь бросилась Майку в голову. Она приникла к нему всем своим горячим телом, и он услышал ее шепот:

— Милый! У меня еще никого, кроме тебя, не было...

* * *

Проводив Олю на работу, Майк вернулся в центр. Не успев зайти в квартиру, он услышал, как надрывался телефон. Аппарат у Афанасия Сергеевича был древнейший, сталинских времен, и трезвонил, словно сумасшедший. Майк уже не раз мечтал грохнуть его об стенку. Он аккуратно снял с рычажков трубку.

— Доброе утро, Майк.— Это был голос мафиози.

— Здравствуйте, Валерий Константинович,— бодро поприветствовал его агент.

— Чтобы посетить даму, совсем не обязательно водить моих людей за нос,— обиженным тоном произнес мафиози.

Майку стало смешно, но он воздержался от комментариев.

— Если не будут тренироваться, грош им, да и мне, цена,— ответил он миролюбиво.

— Я так и понял,— незлобно пробурчал тот в ответ.— Но впредь так не поступайте... Мы же заботимся о вашей безопасности...

— Хорошо, постараюсь...

Мафиози положил трубку. Надо же, заботится он, видите ли, о безопасности Майка! Ну и гад! О себе бы лучше позаботился — в смысле присмотрел бы местечко себе на кладбище... У Майка сегодня отличное настроение, и этот чертов Валерий Константинович его не испортит. Похоже, агент влюбился... Такие вот дела... Майк еще не мог поверить себе и своим ощущениям и на самом деле очень хотелось поделиться этим хоть с кем-нибудь. Но с кем? Мафиози, придурок, не поймет. Батя бы понял, но он далеко. Историк улетел в Париж. Придется, как всегда, радоваться в одиночестве. Майку не привыкать.

36

На электричке агент поехал за город, чтобы забрать машину, оставленную у коттеджа. Документы теперь у него при себе были серьезные — майор ФСБ. Такое ментам было не по зубам. Он сел в «бээмвэху» и порулил обратно в город. Пора было заниматься Гривцовым, а времени оставалось в обрез.

Проникнуть на территорию порта Майк и не пытался. Даже если он предъявит свои документы, причем безукоризненно сделанные, его смогут вычислить элементарно. На территории были установлены камеры наружного наблюдения, и дежурил там представитель Службы Федеральной безопасности, который мог не полениться и отправить ксиву Майку на проверку. Никогда не стоило полагаться на авось.

Майк припарковался так, чтобы видеть выезд с территории порта, и устроился в салоне поудобнее — ждать, вероятно, придется долго. Через полтора часа из ворот выплыла темно-синяя «Вольво» с тонированными стеклами и номером клиента. Кто сидел внутри, Майку видно не было, но он решил последовать за машиной, ибо другого варианта слежки у агента не было.

Не наглея, в потоке транспорта, Майк вел клиента в сторону центра. «Вольво» остановилась у небольшого ресторанчика, и Майк увидел выходящего из нее Гривцова. Снова придется ждать. К машине Майка подвалил какой-то тип в форменной куртке с непонятными нашивками. Развелось служб — черт ногу сломит! Мужик хотел, чтобы агент отъехал с этого места и перебрался на другое. Майк его послал, и тот послушно отвалил. Агент же слушал музыку, курил и следил за выходом из ресторана. Минут через сорок Гривцов вышел и сел в машину.

Водил он сам. Охраны у него не было, да и не похож он был на «нового русского». Майк рулил у него в «хвосте». «Вольво» направлялась к выезду из города в сторону Всеволожска. Судя по всему, клиент собирался домой. Жил он в собственном доме и имел квартиру в Питере на Васильевском острове. На одной из улиц Всеволожска «Вольво» остановилась перед воротами коттеджа.

Майк проехал дальше, отметив про себя, что место вполне подходящее для выполнения его миссии. Через дорогу напротив коттеджа Гривцова — лесная полоса без жилых построек. Ей Майк и воспользуется как укрытием. Он возвратился к своему коттеджу и спрятал в тайник машины кейс с «вээскашкой». Прикинув по времени, Майк направился в город — он мог часика два посидеть в каком-нибудь заведении и поужинать. Нужно было, чтобы солнышко скрылось за горизонтом хотя бы ненадолго. По-настоящему темно не будет, но и сумерки устроили бы. Да и народ, несмотря на белые ночи, шатался ныне неохотно по нашей криминальной земле.

Поужинал агент на славу. Начало двенадцатого, и пора уже было отправляться на рабочее место. Майк собрался расплатиться по счету, но по закону подлости официантка куда-то запропастилась.

— Не возражаете муж-ж-чинка? — к столику подошла девушка, уже где-то успевшая залить спиртным свои азиатские темные бархатные глаза.

На ней был игривый пиджачок и короткая, очень короткая юбка. Ноги росли от самого горла, а упругие груди просто распирали кружевную блузку.

— Присаживайтесь. Я сейчас ухожу,— разрешил ей Майк упасть за свой столик.

Девушку долго упрашивать было не нужно. Она устроилась напротив Майка и вытащила из сумочки пачку «Мо». Достав длинную черную сигарету, она попросила закурить. Она была крашеная блондинка, длинные волосы волнами падали на плечи и спину — видно было, что делала «химию» у хорошего парикмахера. Путана — высший класс, косметики и макияжа минимум, хотя ей было не меньше двадцати пяти. Делать было нечего — Майк достал из кармана зажигалку и дал девушке прикурить. Глубоко затянувшись и выпустив тонкую струйку дыма, она подмигнула ему. Он вежливо улыбнулся в ответ и снова посмотрел в зал. Официантки как не было, так и нет.

— Вы не возражаете, муж-ж-чинка, если я закажу себе мой любимый коньяк? — спросила она, растягивая слова.

Майк пожал плечами:

— Делайте что хотите. Мне все равно. Я уйду, как только принесут счет.

Соседка Майка подозвала официанта и сделала заказ. Майк обратился к нему:

— Вы не в курсе, куда потерялась девушка, обслуживающая этот столик?

Молодой халдей ослепительно улыбнулся.

— Одну минуту, они, скорее всего, отчитываются... — пояснил он.

Оставалось только ждать. Девушке принесли коньяк и закуску. Извинившись, Майк поднялся и ушел в туалет. Вернувшись, он увидел, что дама уже сбросила пиджачок и пересела поближе к месту Майка. Взамен стульев здесь были кожаные диванчики на двоих. Майк обреченно уселся рядом с блондинкой. Она касалась своим круглым, затянутым в светлый капрон коленом ноги Майка. Черт! Он ведь все-таки мужик... Пересилив себя, Майк сделал безразличное лицо.

— Дорогой! Ты разве не будешь ничего пить? — веселилась она, почти прижимаясь щекой к щеке Майка.

Духи у нее были классные, как и все остальное.

— Нет, милая, я сегодня не пью... — улыбнулся Майк, подыгрывая ей.

— Ну это не помешает мне выпить за твой успех, дорогой! — заявила она.— Может быть, ты соизволишь поухаживать за женщиной?.. По-твоему, я сама должна наливать из этой ужасной бутылки? — показала она наманикюренным пальчиком на узкогорлую пузатую посудину, которая тянула не меньше чем на двести баксов.

Богатые у нас нынче женщины! Ну, не все, разумеется. Майк налил ей коньяк в бокал с широким дном. Закуска у девушка неплохая — сок, бутерброды, с красной и черной икрой и жюльен в небольшой глубокой мисочке.

— Спасибо, милый,— поблагодарила она и взяла бокал.— Ты действительно милый. Тебе никто об этом не говорил? — Она приблизила к Майку свое лицо, в глазах плясали чертики.

Чем-то она Майку была все-таки симпатична. Тело у девушки было потрясающее, но не в этом дело. Майк хотел и сам рассмеяться, но сдерживался.

— Что же ты такой серьезный? — удивлялась она и, отстранившись, отпила из своего бокала.— Чудесный коньяк! Между прочим, меня зовут Катя... Знаю, знаю, Катя — это не звучит... Ну уж если меня назвали Катей, не могу же я быть Анжелой или Фрисби... Анжела — фи! Как вульгарно... Катя все-таки лучше... Ты так не находишь, дорогой, что это — лучше! — рассмеялась она, чуть ли не выплеснув коньяк Майку на брюки.

Майк взял у нее из рук бокал и поставил его на столик.

— Мне кажется, вам, Катя, было бы лучше поехать домой и немного выспаться... — подсказал ей Майк.

Девушка посмотрела на него непонимающе:

— Ин-те-рес-но... Как же я смогу нормально выспаться с таким мощным муж-чин-кой?

Агент отрицательно помотал головой:

— Нет, Катя, вы сможете совершенно нормально отдохнуть и без меня...

— Глупости! — возразила она, надув губки.— Я даже и представить себе этого не могу. Не нужно так шутить с любимой девушкой... — наставительно проговорила блондинка, пододвинувшись к Майку.— Ведь ты меня любишь, дорогой? Скажи, что это не так, и я горько тогда запла́чу, и пусть тебе, бездушному, станет очень и очень стыдно...

Девушка достала из сумочки носовой платок и, сделав вид, что собирается плакать, лукаво посмотрела на агента, склонив голову набок. Прядь ее длинных роскошных волос едва не падала на жюльен. Майк поспешил отодвинуть его в сторону.

— Конечно же, я люблю тебя, дорогая... — успокаивал он Катю.

Где же эта чертова официантка! Впору самому идти ее искать.

— Ты со мной неискренен,— гнула свою линию Катя, и на ее глазах действительно появились слезы.

Черт! Вот этого только Майку и не хватало! При виде женских слез он всегда терялся... Ему уже клиента на тот свет пора отправлять было, а он здесь выясняет отношения с совершенно незнакомой путаной. Кто из них кого сильнее любит. Бред какой-то!

— Не нужно плакать! — просил ее Майк.— В жизни столько хорошего...

Похоже, придется просто оставить деньги на столике. Майку нужно было уходить отсюда и как можно быстрее. Вдруг агент увидел, что на горизонте наконец-то появилась официантка.

— Простите, ради бога....— сказала она с извиняющейся улыбкой.— У нас было профсоюзное собрание...

Майк чуть не упал со стула, точнее, с дивана. У них было собрание! Ошалеть можно. Мало им брежневских времен!

— Будьте добры, принесите, пожалуйста, счет... — сказал Майк, стараясь быть предельно вежливым.

Пьяная Катя, подперев голову ладошкой, с интересом следила за диалогом Майка и официантки.

— Одну минутку... — официантка убежала.

Майк, конечно, мог еще подождать, если только они снова не затеют чего-нибудь вроде симпозиума работников общепита...

— Мы уже уходим? — спросила Катя.

— Ухожу я, а вы остаетесь,— равнодушно сказал Майк.

Блондинка Майка не слышала.

— Ну, если мы уходим... значит, так тому и быть... — напевала она, доставая из сумочки помаду и зеркальце.

Появилась официантка.

— С вас... — она назвала сногсшибательную сумму.

Майк, признаться, был несколько удивлен.

— У вас что, директор работал в Пулковской обсерватории? — спросил он у официантки.

— Почему вы так думаете? — удивилась она.

— Сумма астрономическая... — пояснил Майк.

Девушка рассмеялась, а Майк полез в карман пиджака за деньгами.

— Нет, конечно. Просто коньяк, что вы заказали, очень дорогой, французский.

Майк с недоумением посмотрел сначала на официантку, потом на Катю. Коньяк он не заказывал.

— В чем дело, дорогой? — Катя перестала краситься.— Тебе нечем расплатиться? Сейчас я тебе помогу... — она снова полезла в сумочку.

Вот ведь привязалась! Майк достал деньги и расплатился.

— Спасибо! Приходите к нам еще,— сказала довольная большими чаевыми официантка.

Черт с ними со всеми! Майк поднялся из-за стола.

— Милый! Помоги мне одеться,— попросила Катя, подавая Майку своей пиджачок.

Тот помог ей попасть в рукава и быстро пошел к выходу. Этой неизвестно откуда взявшейся Катей он был уже сыт по горло.

Агент забрался в машину. Хлопнула дверца — и блондинка удобно устроилась на заднем сиденье. Ну, это уже было слишком! Агент повернулся к девушке.

— Послушайте, мадам, мне бы не хотелось при всем честном народе выбрасывать вас из машины...

Что-то в лице Кати изменилось, и это была уже не та веселая путана, что приставала к Майку в ресторане. Теперь она выглядела старше, чем показалось агенту сначала.

— Я не знаю, как вас зовут,— сказала она совершенно трезвым голосом, с очень приятным тембром, как отметил про себя Майк.— Я разбираюсь в людях... Вы кажетесь мне порядочным человеком. Не прогоняйте меня. Мне некуда идти...

Вполне возможно, это была игра. И черт его знает, кто и что за этим стоит. Но Майк чувствовал, что так просто от нее не избавиться. Девушка выжидательно смотрела на него и нервно теребила ремешок сумочки.

— Я уже не знаю, как с вами разговаривать,— бессильно проговорил агент. Воевать с женщинами его не учили.— Давайте я вас куда-нибудь отвезу. Где вы живете?

— Если я скажу где, вы туда не поедете. А если и поедете, то не поеду я,— вздохнула она.

Женщин вообще трудно понять. Их логика не поддается мужскому объяснению.

— Послушайте, Катя. У меня дела, и вы будете мне только помехой,— пробовал Майк урезонить ее.

— Не выгоняйте меня, пожалуйста. Делайте свои дела, а я просто посплю в вашей машине,— просила она.

Агент был в полной растерянности. Времени на выполнение заказа у него не осталось. Только-только... Применить к ней силу он просто не мог.

— Катя, поймите меня правильно,— Майк делал еще одну попытку ее уговорить.— Вы мне будете мешать... Я же предлагаю вам отвезти вас домой. Не хотите домой, давайте я отвезу вас к вашим родственникам или знакомым. В конце концов это безопаснее, чем путаться с незнакомыми мужчинами. Вы же меня совсем не знаете.

Девушка невесело усмехнулась.

— Вы не можете быть для меня опасным. Для мужчин — да. Для меня — нет. Я знаю людей... А если хотите отвезти меня домой, то вот... — она протянула Майку свой паспорт.

Тот открыл документ: двадцать шесть лет, прописана в Москве. В графе «семейное положение» — пусто.

— Черт! — сказал Майк.— Но вы не можете остановиться в гостинице?

— Нет,— возразила она.— Он тогда быстро меня найдет. Я уехала, даже не успев захватить с собой нужной суммы, чтобы пожить в другом городе хотя бы пару месяцев...

Теперь Майк, кажется, начал понимать, в чем дело. Девочка, по всей видимости, зарабатывала себе на жизнь, рассказывая душещипательные истории добросердечным гражданам. Хорошо, Майк даст ей денег.

— Я вас понял,— сухо сказал Майк.— Сколько вам нужно?

Он посмотрел в ее усталые глаза. Девушка тяжело вздохнула:

— Ничего вы не поняли. Поверьте, я не прошу у вас денег. Вам не нужно от меня откупаться, у вас все равно нет жены...

— Почему вы так уверены? — усмехнулся Майк.— Может, я просто не ношу кольцо.

— Я знаю, что у вас нет жены.

— Вы знаете, кто я?

— Без понятия. Просто я знаю, и все... Мне ничего от вас не нужно, только разрешите поспать в вашей машине. Завтра я что-нибудь придумаю, а сегодня у меня уже сил нет. Я приехала в город днем и весь день искала человека, который мог бы мне помочь. Наконец-то я нашла вас. Вы именно тот человек...

— Откуда, черт возьми, у вас такая уверенность? — раздраженно спросил Майк.

— Я это вижу... Разрешите, я немного посплю, а завтра я вам все объясню...

— Спите,— бросил ей Майк обреченно и, отвернувшись, надавил на газ.

Продолжение следует

Литературно-художественное издание

Владимир Угрюмов

Шпион Президента

Книга десятая

ТОТ, КТО
ЛЕЖИТ В ГРОБУ

Ведущий редактор *Е. А. Серебрякова*
Художественный редактор *Д. А. Райкин*
Технические редакторы *Т. А. Чернова, В. В. Беляева*
Верстка *О. К. Савельевой, И. В. Довбенко*
Корректор *В. Н. Леснова*

ООО «Издательство АСТ»
667000, Республика Тыва, г. Кызыл,
ул. Кочетова, д. 93
Наши электронные адреса: WWW.AST.RU
E-mail: astpub@aha.ru

ООО «Астрель-СПб»
197373, Санкт-Петербург, Комендантский пр., 34,
корп. 1, ЛИТЕР А
E-mail: mail@astrel.spb.ru

Издано при участии ООО «Харвест».
Лицензия № 02330/0056935 от 30.04.04.
РБ, 220013, Минск, ул. Кульман,
д. 1, корп. 3, эт. 4, к. 42.

Открытое акционерное общество
«Полиграфкомбинат им. Я. Коласа».
220600, Минск, ул. Красная, 23.

На Урале неспокойно. В одном из городов-миллионников, как мухи, мрут криминальные авторитеты. Спецслужбы посылают — разведать, что да как — супершпиона, двойного агента Майка. Агент получает данные о деятельности секретной лаборатории, сотрудники которой приторговывают своими разработками. Во время командировки Майк ввязывается в кампанию по истреблению оставшихся в живых «пап». Личная жизнь Майка идет на поправку, что способствует успеху в делах — агент подбирается к разгадке загадочной «эпидемии» и нападает на след средневекового клада...

В новом романе — встречи агента с ожившими покойниками, золотые монеты средневекового клада, высокие технологии управления погодой для вызова смерчей, тайфунов и прочих гадов, четыре миллиона украденных фальшивых долларов и японские экономические террористы.

Рекомендовано людям с пониженным содержанием адреналина.

Из Хабаровска в Москву переправляется партия ракет класса «земля–земля». Применив дедуктивный метод, агент понимает, что это не что иное как подготовка масштабной террористической операции, главной целью которой является Президент. Подумав еще немного, он приходит к выводу, что организаторы «мероприятия» — японские экстремисты. Минимум усилий — и Президент спасен, а Майк отправляется на Урал. Небритый, с новенькой справкой об освобождении агент заводит знакомства с еще оставшейся в живых после его предыдущих визитов местной братвой, разбивает женщинам сердца, а злодеям — головы. Но всякому везению рано или поздно приходит конец, и агент понимает, что он близок к провалу...

Жизнь по легенде продолжается. Преступный элемент нанимает агента штатным киллером. Отказаться невозможно, и первый «заказ» — крупный политик и по совместительству отец его новой подруги. Потенциальный покойник также предлагает Майку заработать, и агент отправляется в Европу — продавать секреты Родины и получать зарплату по основному месту работы. Бандиты и спецслужбы висят на «хвосте», машины взрываются, личная жизнь мешает службе, снайперские пули настигают не тех. А тем временем Майк получает новое задание: агент должен увидеть в оптическом прицеле лоб главы крупной фирмы и нажать на курок. Но цель ему симпатична, и сама судьба вмешивается в события: в столице любви несостоявшуюся жертву похищают...

Практически забыв, кто он на самом деле, агент продолжает жить по новой биографии, выданной ему спецслужбами. В дальневосточной глуши он поприсутствовал при самоосвобождении заложницы из лагеря террористов и, посчитав задание выполненным, отправился в Петербург. Там в лице дочери профессора химии, изобретшего сверхсекретный реагент во благо военной промышленности, шпион находит неплохо оплачиваемое занятие — та предлагает ему охранять ее красивое тело. Параллельно Майк пытается выйти на след человека, который должен привести его к возможному организатору покушения на Президента.

Эти поиски заводят агента в Карелию. На озерных островах перекрошена куча народу, найден люк таинственного бункера, а Президент, похоже, так и не узнал, что его отпуск должен был обернуться еще большей трагедией.

Похищен профессор химии, в дом которого агент внедрен под видом телохранителя его дочери. Майк отправляется на Северо-Запад России, где предположительно находится организатор преступления – Кургуз, бывший сотрудник КГБ,– с командой боевиков. Агент снова оказывается в том месте, в котором несколько месяцев назад пропала целая группа туристов и где находится секретный правительственный бункер.

Во время осмотра лагеря боевиков в бункере происходит взрыв – предположительно предатель-комитетчик погиб под завалом со всеми своими людьми. Но, похоже, Кургуз продолжает осуществлять свои планы прямо из адского пекла...

Дело о секретном банковском счете, из которого финансировались измены родине, закрыто. Но агенту недолго пришлось погулять необремененным новым заданием своей конторы. Звонок генерала с личной просьбой отправляет Майка на Урал. Там он должен найти следы пропавших три года назад обладателей компромата на очень влиятельного человека — одного из ближайших помощников Президента. Кто-то очень хочет слить Влиятельного с политического олимпа. На протяжении всего расследования злоумышленники все время оказываются на шаг впереди Майка — и вот уже число жертв, причастных к тайне документов, достигло 20...

По данным разведки, необычайный всплеск активности организованного криминалитета можно связать с деятельностью руководителей масонской ложи. Агент якобы участвует в борьбе криминальных группировок, а на самом деле спасает страну от продажных политиков. Детская игра в казаки-разбойники превратилась в смертельно опасную забаву взрослых — агент нашел разбойников и спрятанное ими и теперь сам должен стать разбойником...